Retrouvailles en Méditerranée

JENNIFER FAYE

Retrouvailles en Méditerranée

Traduction française de
ANDRÉE JARDAT

Harmony

HARLEQUIN

Titre original :
WEARING THE GREEK MILLIONAIRE'S RING

HARPERCOLLINS FRANCE
83-85, boulevard Vincent-Auriol, 75646 PARIS CEDEX 13
Service Lectrices — Tél. : 01 45 82 47 47

www.harlequin.fr

ISBN 978-2-2804-4165-0

Prologue

Mai, Infinity Island, Grèce

Il arrivait à Stasia Marinakos d'avoir l'impression d'être de nulle part.

C'était un sentiment étrange qui, à certains moments, lui faisait apprécier la liberté qu'il lui procurait et à d'autres, comme en ce moment même, la plongeait dans une profonde mélancolie.

Elle n'avait pas toujours été ainsi.

Il n'y avait pas si longtemps encore, elle menait une vie paisible aux côtés d'un mari aimant qu'elle aimait en retour. Malheureusement, le cours de cette vie avait été interrompu de manière aussi brutale que tragique.

Depuis, elle apprenait à vivre avec ce grand vide en elle, s'autorisant à sourire de nouveau et s'efforçant de se rappeler qu'elle avait la chance d'être en vie.

Depuis le décès de son mari, survenu deux ans plus tôt, elle s'appliquait à respecter les dernières volontés de ce dernier, occupant ses journées à gérer les biens dont elle avait hérité tout en s'évertuant à rassembler les morceaux épars de son cœur brisé.

Désormais, elle pouvait dire qu'elle avait répondu à toutes les attentes de son défunt mari.

Toutes sauf une.

Assise à une table du Hideway Café, elle regarda son

frère, installé face à elle. Lui ouvrir son cœur se révélerait inutile. Il ne comprendrait pas. Il ne chercherait qu'à lui imposer son point de vue et ce n'était pas du tout ce qu'elle attendait de lui. Elle avait besoin de trouver seule les réponses aux questions qu'elle se posait.

Xander lui conseillerait de vivre dans la plus grande prudence. Prudence matérielle mais également prudence quant à ses choix de vie.

Pour le reste…

Il lui recommanderait de tourner la page, d'aller de l'avant. Ce qui n'était pas peu cocasse, compte tenu du fait qu'il n'avait commencé à apprécier Lukos, son beau-frère, que lorsque celui-ci avait découvert qu'il souffrait d'une maladie incurable.

Non, décidément, même en admettant qu'elle se laisse aller à quelques confidences, elle ne trouverait pas les mots pour confier à son frère ce qu'elle avait dans le cœur.

Elle interrompit le fil de ses pensées, refusant de s'aventurer une fois de plus sur ce terrain. Mieux valait se focaliser sur le présent, car c'était bien la seule chose qu'elle était encore capable de contrôler.

— Que suis-je censée faire de ceci ? demanda-t-elle en regardant fixement le billet de bateau que son frère venait de poser devant elle.

Elle n'avait pas le temps, ni le cœur, de partir en croisière. Maintenant qu'elle était seule, sans mari ni autre famille que Xander, aujourd'hui marié et père d'une petite Lily, elle avait besoin de se recentrer sur elle pour réfléchir au mieux à la tournure qu'elle voulait donner à sa vie.

Voilà où était sa priorité, désormais. Une priorité qu'elle avait laissée de côté bien trop longtemps.

Xander la couva d'un regard inquiet.

— Fais-moi plaisir. Pars en vacances.

En guise de réponse, elle repoussa le billet vers lui.

— Je n'ai pas le temps de…

— Bien sûr que si, la coupa son frère qui n'était pas

homme à s'entendre dire « non ». Maintenant que tu as terminé le travail que je t'avais confié, tu as tout le temps, justement. Et ne t'inquiète pas : à ton retour, je t'aurai trouvé autre chose à faire.

Comment lui dire, sans heurter sa susceptibilité, qu'elle ne voulait plus travailler avec lui ? La pilule allait être d'autant plus difficile à avaler que c'était elle qui avait insisté pour intégrer l'agence immobilière spécialisée dans les biens d'exception que, sur ses conseils avisés, Xander avait créée.

Il pourrait toujours compter sur Roberto Carrass, son meilleur ami, promu depuis peu au rang d'associé, essaya-t-elle de se convaincre.

— Je ne veux pas que tu me charges d'un rôle qui ne viserait qu'à te donner bonne conscience, objecta-t-elle avec une pointe de mauvaise foi.

Puis, voyant qu'il ne lui répondait pas, elle éleva la voix pour attirer son attention :

— Xander, tu m'entends ?

— Bien sûr que oui.

Elle leva les yeux au ciel. Il n'avait pas écouté un traître mot de ce qu'elle avait dit.

— S'il te plaît, je…

— D'accord. Je t'accorde qu'il m'arrive de me laisser distraire ou entraîner par…

— Par ta nouvelle famille, peut-être ?

Le visage de Xander s'éclaira d'un large sourire. Évoquer sa nouvelle vie avait toujours cet effet sur lui.

— Comme tu le vois, suivre mon instinct m'a été bénéfique. Lorsque je sens que quelque chose va être bien pour moi, je fonce. Et alors, plus rien ne peut m'arrêter.

— C'est toute l'histoire de ta vie, ça, ne put-elle s'empêcher de le taquiner.

— En tout cas, c'est ce que je me plais à croire.

Elle opina en silence. Elle se fichait bien que son frère réécrive son histoire avec Lea – une relation aux débuts plutôt chaotiques – en la plaçant sous le signe du romantisme. Elle trouvait même ce comportement touchant de sa part.

Si elle était venue à Infinity Island, c'était pour renouer, avec ce frère qu'elle aimait tant, des liens qui au fil du temps avaient fini par se distendre, mais aussi dans le but de mieux connaître Lea et leur adorable petite fille.

Depuis plusieurs semaines qu'elle était là, elle se plaisait à jouer les baby-sitters auprès de Lily lorsque ses parents avaient besoin de se retrouver seuls. Mais ses journées avaient beau être bien remplies, le vide en elle persistait, accentuant l'impression diffuse qu'il lui manquait quelque chose.

Elle avait beau se sentir bien au sein de cette famille harmonieuse et bienveillante, elle ne pouvait pas imposer plus longtemps sa présence à son frère et à sa belle-sœur. Le moment était venu pour elle de regagner Athènes.

— Allons faire quelques pas, tu veux bien ? proposa-t-elle après avoir avalé d'un trait une dernière gorgée de café.

Xander se saisit du billet et se leva pour lui emboîter le pas.

— Vas-y. Je te suis.

Elle ne savait trop quelle direction prendre. Elle avait juste envie de bouger pour tenter de dissiper les pensées moroses qui l'assaillaient de nouveau.

— Je ne t'ai jamais vu aussi épanoui, déclara-t-elle, sincèrement heureuse pour lui.

— Je le suis. Je suis vraiment comblé. Mais je me sens… coupable.

Cette confession la fit s'arrêter net.

— De quoi ?

— Du fait que lorsque tu étais heureuse avec Lukos, je n'ai pas compris. Au lieu de me réjouir de votre bonheur, je me suis permis de vous juger. Et lorsque, enfin, je suis revenu à de meilleurs sentiments, ton mari était… Eh bien…

— Il était mourant, termina-t-elle pour lui.

C'était la première fois qu'elle parvenait à prononcer

ces mots sans fondre en larmes. Pourtant, le poids de cette perte était toujours aussi lourd. Sans doute le serait-il éternellement, mais elle apprendrait à vivre sans Lukos.

— Ça va, Xander. Il y a des mots que je peux entendre aujourd'hui sans m'effondrer.

Xander posa sur elle un regard dubitatif.

— Il me manque, à moi aussi, avoua-t-il. Nous avions fini par devenir de bons amis, tous les deux.

— Je sais.

Il avait fallu du temps pour que s'instaure entre son mari et son frère une solide amitié, mais elle était heureuse qu'ils soient parvenus à surmonter leurs différences. Car à présent, elle pouvait dire avec certitude qu'elle n'aurait pas pu vaincre cette période sombre de sa vie sans Xander à son côté.

— Lukos te considérait comme un frère, au moment de sa mort.

Visiblement ému, Xander la prit dans ses bras. Lukos lui avait fait promettre qu'elle ne laisserait rien ni personne se mettre en travers de la relation qu'elle entretenait avec son frère. Elle avait tenu sa promesse. Oh ! cela ne lui avait pas demandé beaucoup d'efforts car elle avait toujours aimé profondément son frère.

Dans un geste plein de tendresse, il s'écarta, puis plaça le billet dans sa main.

— C'est ton cadeau d'anniversaire, déclara-t-il. S'il te plaît, prends-le. Je sais de source sûre que tu as toujours eu envie de partir en croisière.

Une seule personne connaissait son désir de visiter la Grèce, la Croatie, le Monténégro et la Croatie. Un parcours initiatique qu'elle considérait comme un tour d'essai avant de s'aventurer peut-être plus loin dans les eaux chaudes de la mer des Caraïbes ou celles, glacées, de l'océan Arctique.

— C'est Lukos qui te l'a dit ?

— Oui. Il était tellement malheureux de ne pas avoir réalisé ton rêve lui-même.

Les mots de Xander lui firent l'effet d'un électrochoc. Elle avait oublié qu'avant la maladie de Lukos, elle avait été une femme pleine de désirs. Des désirs qui, jusque-là, et comparés au drame qu'elle vivait, lui avaient paru dérisoires ! Sans doute Lukos avait-il pressenti les difficultés qu'elle aurait à faire son deuil et cette promesse qu'il lui avait extorquée visait à l'obliger à aller de l'avant.

Deux ans s'étaient écoulés depuis la disparition de son mari. Elle n'avait plus d'excuses pour s'accrocher au passé comme elle le faisait. Elle devait à l'amour qu'elle lui portait de respecter sa promesse : se projeter dans un avenir qui lui ferait retrouver pleinement le goût de vivre.

Tout le problème résidait dans le fait de trouver quelque chose qui lui donnerait envie de se lancer dans le grand tourbillon de la vie. Il lui fallait une vraie motivation. Un aiguillon.

Son mari avait fait en sorte de lui faciliter la vie. Elle avait hérité de lui une somme d'argent conséquente qui, cumulée avec celle qu'elle avait déjà héritée de ses parents, la mettait à l'abri pour le restant de ses jours. Mais ce n'était pas à ses yeux une raison suffisante pour se lever le matin. Ce n'était pas ainsi qu'elle avait été élevée.

Elle avait besoin de démarrer sa journée en sachant qu'elle allait accomplir quelque chose d'excitant. Elle avait besoin d'un but à atteindre, de se battre, même, pour y parvenir. Il lui fallait de l'émulation, des défis à relever.

— D'accord, finit-elle par capituler. Tu as gagné. J'irai faire cette croisière.

Elle plaqua un sourire forcé sur ses lèvres. Cette discussion autour de Lukos avait terni son humeur. Son mari l'accompagnerait dans cette aventure. Elle ne se déferait jamais tout à fait de lui.

— Et lorsque tu seras de retour, tu seras en pleine forme pour te remettre au travail.

Elle ne répondit rien. Le moment était mal choisi de lui dire qu'elle voulait se désengager de cette collaboration pour choisir elle-même sa voie.

— Merci, murmura-t-elle néanmoins.

Cette croisière allait marquer un tournant décisif dans sa vie. Elle emporterait son ordinateur portable et profiterait de ces vacances pour effectuer un bilan complet de ses compétences et de ses envies.

Lorsqu'elle reviendrait, elle saurait quelle tournure donner à sa vie.

Jour 1

Deux semaines plus tard, Athènes, Grèce

— Tu es bien arrivée à l'heure ?

— Bien sûr. Pourquoi voudrais-tu que je sois en retard ?

Stasia se tenait sur le pont, entourée d'une foule de gens que la perspective de ce voyage excitait au plus haut point. Elle pressa un peu plus son téléphone contre son oreille pour mieux entendre la voix de son frère par-dessus le brouhaha ambiant.

Xander exhala un soupir un brin exaspéré.

— Tu as décidé de répondre à mes questions par d'autres questions ?

Elle esquissa un sourire amusé.

— Et toi ? Pourquoi t'entêtes-tu à te comporter avec moi comme si j'étais une enfant ?

La réponse, elle la connaissait déjà. Xander éprouvait une vive culpabilité à nager dans le bonheur alors qu'elle avait perdu son mari.

Il n'y avait pas si longtemps, elle aussi était heureuse. Elle avait épousé l'homme qu'elle avait rencontré sur le campus de l'université où elle poursuivait ses études. Ils partageaient alors les mêmes rêves, les mêmes envies. Quelques années plus tard, leur bonheur avait volé en éclats lorsqu'ils avaient appris qu'une banale douleur d'estomac cachait une maladie redoutable.

À partir de là, ils avaient mis leur vie entre parenthèses. Leurs rêves avaient changé. Au lieu d'espérer des vacances dans des lieux exotiques, ils n'avaient aspiré qu'à passer Noël ensemble, puis à espérer pouvoir fêter encore un anniversaire, voir s'écouler encore un mois, encore une journée.

Elle refoula ces pensées encore trop douloureuses qui ne demandaient qu'à l'engloutir tout entière.

Cela faisait deux ans maintenant qu'elle vivait seule. Deux ans passés à verser des torrents de larmes. Il y avait eu son premier Noël en solitaire, puis son premier anniversaire. Que de fois sa main avait tremblé lorsque, forcée de remplir des documents administratifs, elle avait dû cocher la case « veuve » à la place de la case « mariée » !

Par la suite, elle avait dû attendre de longs mois avant de se résigner à se séparer des vêtements de Lukos. C'était toujours un crève-cœur, chaque fois qu'elle ouvrait sa penderie vide de ses costumes et de ses nombreuses cravates en soie. Et que dire du déchirement qu'elle avait éprouvé lorsqu'elle s'était résignée à retirer son alliance pour la placer avec celle de son époux dans leur écrin d'origine.

Dans un geste machinal, elle effleura son annulaire dépourvu d'anneau, une manie qui avait commencé à l'époque où elle passait des heures dans la salle d'attente des médecins, puis celles de l'hôpital. Le contact doux et lisse de son alliance la rassurait. Symbole de l'amour qu'ils se portaient, ce simple anneau lui redonnait la force qui lui faisait souvent défaut.

Elle abaissa les yeux sur son annulaire. Elle était seule désormais. Chaque pas qu'elle effectuait vers sa nouvelle vie lui prenait du temps. Certains étaient significatifs, d'autres minuscules, mais tous touchaient une corde infiniment sensible.

La voix de Xander la ramena brutalement sur terre.

— Je… Je m'inquiète pour toi, confessa-t-il.

— Je le sais.

Elle savait aussi l'effort que lui avait demandé un tel aveu tant il n'était pas homme à montrer ses sentiments.

— J'apprécie beaucoup ta sollicitude, Xander. Mais tout va bien. Je vais bien.

— Tu as donc déjà embarqué ? demanda-t-il d'un ton plus désinvolte.

— Oui.

— Très bien. Ah, j'oubliais : méfie-toi des beaux parleurs. Ils doivent être légion sur ce bateau. Ne te laisse pas prendre au piège. Dis-leur de s'écarter de ton chemin ou ils auront affaire à ton grand frère.

— Xander, je n'ai plus dix ans. Je suis une grande fille et capable de veiller sur moi.

Elle l'entendit de nouveau pousser un profond soupir.

— Je sais.

— Tu sais, mais tu t'inquiètes quand même.

— C'est donc si mal ?

— Non.

Comment pourrait-elle lui en vouloir quand elle avait agi de la même façon lorsqu'il avait rencontré Lea ? Elle était même allée jusqu'à se positionner comme acheteuse potentielle d'Infinity Island pour approcher Lea de plus près et tenter de comprendre si elle n'était pas une intrigante ayant des vues sur l'argent de son frère.

— Mais il faut que tu me fasses confiance, ajouta-t-elle. Je suis capable de prendre soin de moi.

— Si tu as besoin de quoi que ce soit, il te suffit de m'appeler. Tu le sais, n'est-ce pas ?

Un mouvement dans son champ de vision attira l'attention de Stasia. C'était un homme grand et brun. Elle ne le voyait que de dos mais il y avait quelque chose de familier dans la manière qu'il avait de se déplacer à grandes enjambées. Elle s'exhorta à détourner le regard, mais c'était plus fort qu'elle, elle continua à épier l'homme. Sans doute pour ne pas s'attarder sur le fait que, malgré ce qu'il lui assurait, Xander doutait d'elle, de sa capacité à prendre les bonnes décisions. C'était à elle de lui prouver – de se prouver – qu'elle n'allait pas trébucher à chacun de ses pas. Au terme de cette croisière, elle saurait quelle orientation donner à sa vie.

Elle s'en faisait la promesse.

Au début de ce terrible cauchemar, elle avait bien sûr douté de pouvoir se relever d'une telle épreuve. De faire face à la vie toute seule. Mais au fil des jours, elle retrouvait un peu plus de force et de détermination à mettre un pied devant l'autre. À présent, il lui manquait juste la direction à prendre.

Tandis qu'elle écoutait d'une oreille distraite Xander lui décrire la maison qu'il comptait se faire construire sur l'île, elle vit l'homme qui était désormais en grande discussion avec une très jolie jeune femme. Probablement son épouse ou sa petite amie.

Et puis l'homme se retourna. Était-il aussi beau qu'elle se l'était imaginé ?

Il l'était, en effet.

Le cœur de Stasia fit un bond dans sa poitrine. Roberto Carrass. Que faisait-il là, sur le même bateau qu'elle ?

Xander, bien sûr. C'était lui qui avait tout manigancé. Elle en était certaine. Son frère ne pouvait donc pas lui offrir une croisière pour son anniversaire sans la faire chaperonner par son meilleur ami !

Une colère sourde gronda en elle.

— Je viens de voir Roberto, lâcha-t-elle d'un ton cassant. Que fait-il ici ?

— Quoi ?

— Ne fais pas l'innocent. Roberto est là, juste en face de moi.

— Eh bien, je suppose qu'il est accompagné d'une sublime créature.

— Comment le sais-tu ?

— Parce que c'est Roberto. Il est du genre à aimer toutes les femmes et à les plaquer aussitôt. Je plains celle qui croira le faire changer. La pauvre n'a pas fini de souffrir. En revanche, il n'y a pas meilleur ami que lui.

— Xander, j'ai besoin de savoir ce que Roberto fiche sur ce bateau.

— J'arrive tout de suite, répliqua son frère au lieu de répondre. Désolé, sœurette, mais il faut que je te laisse. Lea a besoin de moi.

— Xander ?

Mais il avait raccroché.

Elle poussa un soupir chargé de frustration. Qu'avait fait son frère ? La coupe était pleine, cette fois ! S'il s'imaginait qu'elle allait entrer dans son petit jeu, il se trompait lourdement.

Ce bateau était grand. Assez grand pour pouvoir éviter Roberto durant tout le temps que durerait cette croisière. Ce qui était bien dommage car, en punissant Xander, elle se punissait elle-même. Elle avait toujours apprécié la compagnie de Roberto. Elle le connaissait depuis l'enfance et, devenu adulte, il était resté aussi gentil qu'attentionné à son égard.

Elle le scruta à la dérobée. Dans ce contexte un peu particulier, elle découvrait un homme très séduisant et très élégant dans son costume à la coupe impeccable. Mais tout séduisant qu'il était, elle ne lui rendrait pas les choses faciles.

Elle lui tourna le dos et prit la direction opposée, bien déterminée à ne plus croiser son chemin.

C'était bien là le dernier endroit au monde où Roberto Carrass avait envie de se trouver.

Lui, le pragmatique, espéra un miracle qui le délivrerait de cet engagement.

Ding.

Il vérifia l'écran de son téléphone pour la dixième fois en moins de cinq minutes. Les mails s'enchaînaient, tous aussi importants les uns que les autres. C'était bien la preuve, s'il en fallait, qu'il n'avait pas le temps de s'accorder des vacances.

Il pianota avec agilité sur l'écran de son smartphone. Son assistante avait à régler un problème qui ne pouvait attendre.

Ding. Ding.

Depuis qu'il s'était associé à parts égales avec Xander, les affaires décollaient. Il ne pouvait se payer le luxe de différer ni de mettre entre parenthèses des projets essentiels pour l'avenir de l'agence. Lorsqu'il flairait une bonne affaire, il se donnait sans compter. Encore fallait-il qu'il ait les mains libres et ne soit pas coincé sur un fichu bateau pendant quinze jours avec une famille aussi tentaculaire que vampirisante.

Il soupira plus fort qu'il n'aurait voulu. Son smartphone n'était pas ce qu'il y avait de mieux pour traiter ses innombrables mails. Il lui fallait gagner sa cabine au plus vite pour pouvoir travailler sur son ordinateur.

Malheureusement, en voyant sa grand-mère fondre sur lui en fronçant les sourcils, il comprit qu'il lui faudrait remettre ses urgences à plus tard.

— Veux-tu bien mettre cet engin de côté ? lui intima-t-elle sur un ton de reproche qui n'entendait pas être discuté.

— Yaya, cet « engin », comme tu dis, s'appelle un téléphone et j'en ai besoin pour travailler, répondit-il patiemment en le glissant néanmoins dans sa poche. D'ailleurs, si tu voulais bien te montrer un peu moins têtue, je me ferais un plaisir de t'en offrir un. Je suis certain que tu t'y habituerais très vite.

Elle releva le menton pour mieux le défier du regard.

— J'ai déjà un téléphone à la maison. Et je ne vois pas l'utilité de m'embarrasser d'un outil pareil dans chacun de mes déplacements. Les gens qui veulent me joindre attendront bien que je sois rentrée. Et maintenant, cesse de faire la tête. Je te rappelle que nous sommes ici pour nous amuser.

La vieille dame accompagna ses paroles d'un sourire radieux qui la rajeunit. Dire qu'elle allait fêter ses quatre-vingts ans ! Il avait du mal à le croire.

— Je vais me chercher quelque chose à boire, annonça-t-il.

Yaya afficha de nouveau un air de reproche.

— N'en profite pas pour aller te cacher quelque part, le sermonna-t-elle. Ou, pire, pour aller t'enfermer dans ta cabine afin de travailler. Tu es en vacances. Regarde un peu toutes ces jolies jeunes femmes autour de toi. Je suis certaine que tu vas finir par en trouver une avec qui tu auras du plaisir à passer du temps.

Il esquissa un sourire forcé. Quinze jours. Il allait devoir subir cette torture pendant quinze jours ! Car il n'en doutait plus à présent. Yaya avait l'intention de mettre cette croisière à profit pour s'improviser marieuse.

— Yaya, je suis très bien comme je suis. Je n'ai pas besoin de compagnie.

Elle fixa sur lui un regard suspicieux.

— Roberto, me cacherais-tu quelque chose ?

— Yaya, je…

Il s'interrompit, pensant reconnaître une silhouette féminine qui venait d'entrer dans son champ de vision.

— Grand-mère, excuse-moi, mais je dois aller saluer quelqu'un que je connais.

La petite ride d'inquiétude qui barrait le front de Yaya s'estompa aussitôt.

— Dans ce cas, je ne te retiens pas plus longtemps, dit-elle. Moi-même, il faut que j'aille rejoindre ton grand-père.

Quelque chose, dans le ton de sa grand-mère, l'alerta aussitôt.

— Il se porte bien, n'est-ce pas ?

Elle hésita un bref instant avant de répondre :

— Je ne devrais pas te parler de lui.

— Yaya, je ne suis pas n'importe qui. Quels que soient les différends qui nous opposent, lui et moi, il reste mon grand-père et je m'inquiète pour lui. Tu le sais bien.

— Je voudrais tellement que les choses s'arrangent entre vous, déplora-t-elle dans un soupir. À vrai dire, je vois bien que quelque chose ne tourne pas rond mais il ne veut rien me dire. Chaque fois que j'aborde le sujet, il esquive, il m'ordonne de ne pas m'inquiéter.

— Qu'en penses-tu ? Y a-t-il vraiment lieu de s'inquiéter ?

Elle eut un petit mouvement de tête qui ne répondait pas à sa question.

— Ce n'est peut-être rien, en effet, lâcha-t-elle finalement sans grande conviction.

La sentant désemparée, il l'attira à lui et la prit dans ses bras, dans une étreinte pleine de tendresse qui se voulait réconfortante.

— Ne te fais pas trop de souci, marmonna-t-il. Je suis certain que s'il y avait quelque chose de grave, il t'en parlerait.

Yaya s'écarta légèrement pour lever vers lui un regard implorant.

— Tu ne voudrais pas essayer de le faire parler, toi ?

Il secoua la tête.

— Je ne crois pas que ce soit raisonnable. Cette discussion va encore nous séparer, nous allons nous disputer et…

— Tu n'en sais rien.

— Je le sais bien, au contraire. Peu importe le sujet, grand-père finira par me reprocher d'avoir quitté la société et de l'avoir abandonné. Et de fil en aiguille, nous allons nous disputer.

— Ne crois-tu pas qu'il serait temps que vous fassiez la paix, tous les deux ?

— Ce n'est pas à moi qu'il faut dire ça, Yaya.

Elle poussa un long soupir empreint de regrets.

— Je voudrais juste que… Oh ! ça ne fait rien. Allez, va. Tu devais aller saluer quelqu'un, non ?

Yaya n'avait pas besoin de terminer sa phrase. Roberto savait très bien ce qu'elle attendait de lui. Qu'il reprenne sa place au sein de la société familiale et que la paix règne de nouveau entre son mari et son petit-fils.

Il se pencha sur elle et planta un baiser tendre sur sa joue.

— Je te vois plus tard.

Elle lui tapota le bras en souriant avant de s'éloigner dans la direction opposée.

En la voyant aussi petite et vulnérable, il comprit que, malgré les apparences, ses grands-parents prenaient de l'âge. Son grand-père n'en faisait-il pas trop ?

Yaya avait paru sincèrement inquiète à son sujet. Bien plus, même, qu'elle ne l'avait laissé paraître. Malgré la relation compliquée qu'il entretenait avec son grand-père – et en raison de l'amour qu'il portait à sa grand-mère –, il se fit la promesse de réfléchir à la situation.

Chassant ces pensées de son esprit, il se dirigea tout droit vers le bar où il avait repéré la silhouette qui lui avait semblé familière.

Il inspira une grande bouffée d'air iodé. La journée s'annonçait belle. Le soleil brillait dans un ciel d'un bleu lumineux et une petite brise tiède soufflait du large.

S'il ne retrouvait pas la femme en question, il prendrait le temps de commander une boisson fraîche, puis il irait se trouver un coin tranquille d'où il passerait deux ou trois coups de fil urgents. Autant en profiter. Lorsqu'ils seraient en pleine mer, la connexion avec le continent serait inexistante.

Depuis qu'il s'était associé à Xander, il avait passé tant de temps sur la création d'une filiale, puis sur la relocalisation du siège social à Infinity Island, qu'il en avait oublié le sens du mot « *farniente* ». Aussi, pourquoi ne pas profiter de cette croisière pour renouer avec une vie sociale qu'il négligeait depuis longtemps ?

Cela ne voudrait pas dire pour autant qu'il comptait exaucer le vœu le plus cher de Yaya. Célibataire il était, célibataire il resterait. Ce statut lui convenait parfaitement. Certes, il aimait les femmes – ce qui lui valait la réputation de play-boy qui lui collait à la peau –, mais il veillait toujours à entretenir avec elles une relation légère, pour ne pas dire superficielle. Pas d'attaches. Tel était son credo.

Évidemment, cette vie amoureuse chaotique n'était pas pour plaire à Yaya qui l'estimait en âge de se marier et d'avoir des enfants. Mais il en avait assez de devoir répondre aux attentes des uns et des autres. Cela avait commencé alors qu'il n'était encore qu'un bébé en couche-culotte. Déjà, on avait décidé pour lui de ce que serait son avenir. Il fréquenterait les écoles les plus prestigieuses, devrait, bien évidemment, décrocher les meilleures notes et ensuite intégrer les écoles de commerce les plus réputées pour pouvoir intégrer la société familiale où sa place était toute trouvée. Bref, depuis sa naissance, sa voie était toute tracée.

C'était beaucoup de pression pour un si jeune enfant. Trop, même.

Il avait fini par en vouloir à ses grands-parents de faire peser sur ses épaules le poids d'une réussite dont il n'avait pas fait sa priorité. Par la suite, et comme il ne parvenait pas à être à la hauteur des attentes de son grand-père, il avait fini par claquer la porte pour aller vivre la vie qu'il s'était choisie.

C'était ainsi que, au grand dam de sa famille, il avait allié ses compétences à celles de son ami d'enfance pour lancer une agence immobilière spécialisée dans les biens d'exception.

Il chassa ces pensées de son esprit pour commander une boisson. Tandis qu'il attendait qu'on le serve, il regarda autour de lui mais ne vit nulle trace de l'inconnue. Peut-être avait-il rêvé. Ou peut-être avait-il trouvé là, de manière inconsciente, le prétexte idéal pour se libérer de l'emprise de sa grand-mère.

Sa canette de soda à la main, il cherchait du regard un siège libre sur le pont lorsqu'il la vit de nouveau. Ce n'était pas une inconnue. Loin de là, même. C'était Stasia Marinakos, la sœur de Xander.

Aucune autre femme de sa connaissance ne se déplaçait avec autant de grâce, les épaules bien droites, le port de tête royal. Un sourire distrait flottait sur ses lèvres. Comment pouvait-elle encore sourire après le drame qu'elle avait vécu ? Il se le demandait bien.

— Stasia ? l'appela-t-il.

Elle tourna la tête et leurs regards se croisèrent. Elle écarquilla les yeux, semblant ne pas croire à sa présence sur ce bateau.

Il lui fit signe de le rejoindre. Après un bref instant d'hésitation, elle se dirigea vers lui, jouant des coudes pour se frayer un passage parmi la foule dense des voyageurs, désireux, eux aussi, de profiter du soleil.

— C'est bon de te voir là, murmura-t-il en la serrant brièvement dans ses bras.

Une étreinte qu'il regretta de devoir écourter. Mais Stasia n'était pas une conquête potentielle. Elle était la sœur de son meilleur ami et la veuve encore éplorée d'un époux disparu trop tôt.

Elle posa sur lui ses grands yeux couleur café brûlé.

— Tu n'as pas l'air très étonné de me voir là, lâcha-t-elle d'un ton suspicieux qui ne lui échappa pas.

— Pourtant, je le suis, rétorqua-t-il.

— Vraiment ? Mon frère n'aurait pas manigancé pour que tu te retrouves sur ce bateau en même temps que moi, par hasard ? Histoire de te faire jouer les chaperons.

— Si Xander a manigancé quelque chose, sache que c'est à mon insu.

Elle le fixa d'un regard encore sceptique.

— C'est lui qui m'a fait la surprise de m'offrir cette croisière pour mon anniversaire, précisa-t-elle d'un ton radouci.

— C'est ton anniversaire ?

— Pas encore. La semaine prochaine.

— Il faudra que nous fêtions ça, alors.

— Tu ne crois pas que cette croisière est déjà un beau cadeau ?

Ses yeux brillaient d'une lueur amusée.

— Sans doute. Mais nous pourrions quand même marquer le coup.

Il réalisa soudain qu'elle pouvait être accompagnée. Après tout, elle était veuve depuis… Combien de temps, déjà ? Deux ans. Un temps suffisamment long pour avoir tourné la page et aller de l'avant.

— Tu es venue seule ? se hasarda-t-il à demander.

— Oui. Et toi ?

Avait-elle remarqué le nombre hallucinant de femmes seules, jeunes et jolies, qui avaient embarqué ?

— Moi aussi. Enfin… Pas exactement.

Elle arqua les sourcils et le fixa de nouveau d'un air perplexe.

— Tu as embarqué sur ce bateau tout seul ?

Le scepticisme faisait place à l'étonnement. Mais il comprenait. Il savait par Xander que personne ne pouvait l'imaginer sortir sans une jolie femme à son bras. Après tout, il ne l'avait pas volé. Il avait la réputation qu'il méritait.

— C'est si surprenant à tes yeux que je puisse avoir envie de m'évader un peu ? De rompre avec le quotidien ?

Elle secoua la tête.

— Mon frère et toi êtes pareils. Vous ne jurez que par le travail. Dès lors que vous cessez de travailler, vous donnez l'impression de vous ennuyer.

Elle scruta son visage d'un air pénétrant, semblant lire en lui comme dans un livre ouvert. Il se sentit soudain si vulnérable qu'il détourna la tête. Voilà qui était une grande première pour un homme comme lui, habitué à traiter avec des hommes d'affaires retors !

Il s'éclaircit la gorge, autant pour se donner une contenance que pour retrouver un peu de sa dignité.

— En fait, je suis ici à la demande de ma grand-mère, expliqua-t-il.

— Ta grand-mère est sur ce bateau ?

— Oui. Avec quelques autres membres de ma famille.

— C'est merveilleux !

Faute de mieux, il resta silencieux. Il connaissait la solitude de Stasia. Son mari parti, il ne lui était resté que son frère. Elle ne savait donc pas ce que c'était que d'appartenir à une famille nombreuse qui, si elle se montrait parfois intrusive, n'en restait pas moins chaleureuse et bienveillante.

— Ce doit être une occasion vraiment spéciale pour que tu daignes t'éloigner de ton bureau, souligna-t-elle. J'espère que tu sauras en profiter.

— Nous nous sommes tous retrouvés ici pour célébrer les quatre-vingts ans de ma grand-mère et pour assister au mariage de ma cousine, qui aura lieu à Venise, crut-il bon de préciser.

— Waouh ! Je comprends que tu n'aies pas pu faire autrement que d'embarquer avec eux.

Il opina avant de lancer des coups d'œil furtifs autour de lui pour s'assurer que personne ne pouvait entendre ce qu'il s'apprêtait à révéler. Pour plus de sécurité, il s'approcha un peu plus de Stasia et baissa la voix afin de lui glisser, sur le mode de la confidence :

— Il faut que je te dise. Ma cousine et son fiancé avaient choisi de se marier à Infinity Island, mais ils ont fini par y renoncer.

En guise de réponse, elle posa sur lui un regard scrutateur sans doute destiné à le pousser à développer sa pensée.

— Je tenais à te prévenir parce qu'il est fort probable que tu tombes sur eux, un jour ou l'autre.

— Pas de problème. Merci de m'en avoir parlé.

— Je me demande s'ils font bien de se marier.

— Pourquoi ? Tu n'as pas envie de les voir heureux ?

— Ce n'est pas ça. Je les aime beaucoup tous les deux

mais Xander m'a expliqué la rumeur qui court sur l'île. Tu n'es pas au courant ?

Elle secoua la tête.

— Eh bien, selon une légende locale, les futurs époux seraient confrontés sans le savoir à des signaux qu'ils sont censés repérer puis interpréter. Sinon, c'est le signe qu'ils ne sont pas faits l'un pour l'autre.

— Vraiment ? Ne me dis pas que tu crois à ces fadaises ?

Il haussa les épaules, dans un geste qui se voulait désinvolte.

— Ma cousine est vraiment une fille bien qui mérite d'être heureuse. Je ne voudrais pas qu'elle souffre.

— Je suis certaine que tout se passera bien.

À son tour, il se mit à la dévisager. Il ne lui fallut pas longtemps pour se perdre dans la contemplation de ses traits délicats qu'accentuait sa coupe au carré. Elle était d'une beauté classique et élégante, presque envoûtante. Son regard s'attarda sur ses grands yeux en amande puis sur ses pommettes saillantes et enfin sur sa bouche aux lèvres parfaitement ourlées, maquillées d'un rose tendre qui rehaussait son teint diaphane.

— Roberto ?

Il revint brutalement sur terre. De quoi parlaient-ils donc ? Il avait du mal à se le rappeler tant il était troublé. Ah oui… Infinity Island et ses croyances.

— Normalement, répondit-il enfin, je ne donne aucun crédit à ce genre de superstitions, mais il s'agit de ma cousine. Elle est presque comme une sœur pour moi.

Dans un geste qui se voulait sans doute rassurant, elle posa une main sur son avant-bras et exerça une pression discrète.

— Si j'étais toi, je ne m'inquiéterais pas. Ne dit-on pas que l'amour finit par triompher de tout ?

— Dieu t'entende, rétorqua-t-il avant de lui poser la question qui lui brûlait les lèvres : Si c'était toi, tu accepterais de passer par cette épreuve ? De te marier à Infinity Island ?

Elle lui offrit un visage impassible, qui ne reflétait rien de ce qu'elle pensait vraiment.

— C'est un bel endroit pour un mariage, finit-elle par répondre avec une pointe de mélancolie.

— Tu n'as pas répondu à ma question.

À peine avait-il terminé sa phrase qu'il la regrettait. Quel imbécile il faisait ! Demander à une jeune veuve si elle souhaitait se remarier ! Il maudit intérieurement son manque de délicatesse.

— Excuse-moi. Pour me faire pardonner, veux-tu que j'aille te chercher quelque chose à boire ou à manger ?

— Volontiers. Je prendrais bien un café. J'en rêve depuis ce matin.

Il remarqua alors les cernes mauves qu'elle avait tenté de camoufler sous un maquillage habile, mais qui transparaissaient malgré tout. Quels tourments devait-elle encore vivre ?

Il fut pris d'une soudaine compassion pour elle, qui lui fit détourner les yeux.

— Je reviens tout de suite, déclara-t-il avant de prendre une nouvelle fois la direction du bar.

Sans doute ne pouvait-il pas vraiment imaginer par quelles souffrances elle devait encore passer. Cela ne faisait que lui donner une raison supplémentaire de vouloir rester célibataire. Les familles étaient sources d'émotions, le plus souvent positives, parfois négatives. Sans parler des responsabilités qui en découlaient. Non, décidément, cela le confortait dans l'idée que le célibat était pour lui le meilleur choix de vie.

Une fois au bar, il commanda deux expressos. S'il n'était pas vraiment amateur de caféine, il aimait cependant en apprécier l'arôme de temps en temps.

Un café dans chaque main, il allait rejoindre Stasia, il n'était plus qu'à quelques mètres, lorsqu'il avisa un homme qui venait de l'aborder. Comment lui en vouloir ? Lui-même se serait bien laissé aller à tenter de la séduire si elle n'avait pas été la sœur de Xander. Car il ne dérogerait pas à la règle qu'il s'était fixée : se limiter à des aventures légères, sans conséquence et sans aucune complication.

Il ralentit le pas. Que devait-il faire ? Stasia connaissait peut-être cet homme. Et si ce n'était pas le cas, qui lui disait qu'elle n'était pas heureuse de se faire aborder par un inconnu ? De flirter avec lui ?

Lorsqu'il la vit lui sourire, il sentit son corps se raidir. Quelle sensation curieuse ! Inexplicable, en plus. Car si Stasia et lui en étaient venus à partager un café, c'était par le plus grand des hasards. Il ne s'agissait pas là d'un rendez-vous galant.

Il resta immobile, hésitant encore sur l'attitude à adopter. Devait-il aller les rejoindre, au risque de les déranger ? Ou valait-il mieux qu'il regagne sa cabine pour travailler avant le dîner qu'il devait prendre en famille ?

Il en était là de ses interrogations lorsqu'un tintement bref lui signala l'arrivée d'un nouveau mail. Au lieu de s'en inquiéter, comme il en avait l'habitude, il continua à surveiller le couple que Stasia formait avec l'inconnu. Il voulait juste s'assurer que tout allait bien avant de partir. Du moins chercha-t-il à s'en persuader.

Le sourire de Stasia se dissipa d'un coup, en même temps qu'elle secouait la tête. Si Roberto ne pouvait entendre ce qui se disait, il comprit clairement qu'elle ne souhaitait pas voir l'homme s'attarder à ses côtés. Pourtant, ce dernier n'esquissa pas le moindre geste indiquant qu'il voulait partir. Au contraire, même, il posa la main sur son bras et se mit à le caresser.

Voilà.

Roberto n'avait plus à tergiverser. La décision avait été prise à sa place.

Sans plus réfléchir, il se fraya un passage dans la foule

encore compacte des passagers sans, cependant, lâcher Stasia des yeux.

Une question lui vint soudain, suivie d'autres. Xander avait-il choisi cette croisière pour sa sœur en sachant qu'il s'y trouverait ? Avait-il vu en lui le chaperon idéal ? Stasia avait-elle vu juste ?

Lorsqu'il arriva près du couple, il savait ce qu'il avait à faire. La meilleure manière de se débarrasser de cet importun était d'aller droit au but.

Il fit donc comme il l'avait décidé.

— Désolé d'avoir tardé un peu, chérie, dit-il en posant les cafés sur une table toute proche.

Puis il se pencha vers elle pour l'embrasser tendrement sur la joue. Sa peau était douce et veloutée. Tout comme ses lèvres ? s'interrogea-t-il. Légèrement grisé par le parfum fleuri qui émanait d'elle, il fut tenté de renouveler l'expérience, mais jugea préférable d'y renoncer.

L'homme fit aller son regard de l'un à l'autre, visiblement médusé. Pourquoi ? Était-il si difficile de croire que Stasia et lui étaient ensemble ? Certes, il avait quelques années de plus qu'elle mais il n'était tout de même pas un vieillard sénile !

— Je... Je crois que je vais y aller, marmonna l'homme avant de s'esquiver rapidement.

Ils le virent prendre la direction du bar sans demander son reste. Était-ce pour aller y boire un alcool fort destiné à lui faire retrouver un peu de sa superbe ou pour tenter sa chance avec l'une des nombreuses jeunes femmes qui s'y trouvaient accoudées ?

Roberto se fichait bien de le savoir.

— Pourquoi as-tu fait ça ? lui demanda soudain Stasia.

Elle affichait un air dur qui n'augurait rien de bon.

— J'ai cru comprendre que ce type t'importunait, répondit-il.

Il fut pris d'un doute. Et s'il s'était trompé ? S'il avait mal interprété ce qu'il avait vu ?

— Il ne t'intéressait pas, quand même ? chercha-t-il à préciser.

Elle resta silencieuse un si long moment qu'il se voyait déjà aller trouver l'homme au bar pour lui présenter ses excuses. Ça lui apprendrait à se mêler de ce qui ne le regardait pas.

Enfin, elle secoua la tête.

— C'est le genre d'homme à faire feu de tout bois, commenta-t-elle. Il doit sortir le même baratin minable à chacune des femmes qu'il croise. J'ai bien essayé de lui faire comprendre que je n'étais pas intéressée, il ne voulait rien entendre.

Elle laissa passer quelques secondes avant d'ajouter :

— Et tu n'as pas trouvé d'autre moyen de nous débarrasser de lui que de nous faire passer pour un couple amoureux ?

Il esquissa un sourire amusé.

— Ça a marché. C'est le principal, non ?

Avait-elle rêvé ?

Stasia résista au désir brûlant de toucher sa joue, là où Roberto l'avait effleurée de ses lèvres, quelques instants plus tôt. Ils se connaissaient depuis des années, mais ils ne s'étaient jamais embrassés, ni même serrés dans les bras. Tout juste se saluaient-ils d'un geste de la main ou d'un hochement de tête lorsqu'ils se voyaient.

Aussi, comment expliquer que son cœur se soit mis à battre la chamade et que sa bouche soit devenue sèche au contact des lèvres douces et chaudes de Roberto ? Ce n'était tout de même pas la première fois qu'un ami l'embrassait sur la joue. Car c'était bien ainsi qu'elle considérait Roberto. Comme un ami. Rien de plus.

Encore troublée, elle prit une longue gorgée de son café qu'elle avala de travers. Il était temps de prendre congé.

— Je vais y aller, annonça-t-elle d'un ton qu'elle voulait

dégagé. Je vais partir en reconnaissance. Ce bateau est si grand qu'on pourrait s'y perdre.

— Il existe une application. Tu ne l'as pas téléchargée ? Tu veux que je le fasse pour toi ? ajouta-t-il comme elle secouait la tête.

En guise de réponse, elle sortit son téléphone de son sac à main et le lui tendit. Un court instant plus tard, il le lui rendait.

— Voilà qui est fait. Tu y trouveras tout le programme de la semaine. Ah et j'oubliais ! Tu devrais mettre ton smartphone en mode avion pour éviter d'avoir à payer des frais de connexion trop importants.

Elle suivit son conseil, mais à peine avait-elle terminé qu'il lui expliquait encore comment se connecter à la Wi-Fi.

— Merci beaucoup, lâcha-t-elle lorsqu'elle fut bien certaine qu'il avait terminé. Mais dis-moi, tu en connais un rayon. Tu ne dois pas en être à ta première croisière.

— En fait, c'est la deuxième. Mais j'adore les recherches en tout genre. Tu vas sans doute trouver ça un brin trivial.

— Utile, en tout cas.

Avant, c'était Lukos qui se chargeait toujours de tout pour elle, qui réglait les petits problèmes. Encore quelque chose qu'elle allait devoir apprendre et mettre en pratique elle-même. Mais plus elle apprendrait, plus elle deviendrait autonome et plus elle aurait confiance en elle.

— Merci, dit-elle en lui souriant. À un de ces jours.

— Je l'espère.

Elle s'éloigna à contrecœur. Si cela n'avait tenu qu'à elle, elle serait bien restée là, à bavarder avec Roberto toute la matinée. Il était un compagnon très agréable, finalement. Mais elle n'avait pas de temps à perdre. Elle avait embarqué sur ce bateau avec une idée précise en tête : donner un sens à sa vie.

Sortir, voir des gens, bavarder avec eux… Elle aurait bien le temps lorsqu'elle aurait enfin atteint son but.

D'ailleurs, elle ne pouvait trop empiéter sur le temps que Roberto souhaitait sans doute passer avec sa famille.

Jour 2

Katakolon, Grèce

Jusque-là, les choses se déroulaient plutôt bien.

L'image de Stasia s'imposa à Roberto, amenant un sourire enchanté sur ses lèvres. Qui sait s'il n'allait pas finir par prendre goût à cette croisière ?

Enfin… Il aurait pu si son plaisir n'était pas entaché par les efforts désespérés que sa grand-mère fournissait pour le voir s'engager dans une relation stable.

Il la connaissait bien. Elle n'était pas femme à rester sur un échec et, lorsqu'elle avait une idée en tête, elle était bien déterminée à aller jusqu'au bout. Pour l'heure, elle semblait avoir fait de la vie amoureuse de son petit-fils sa priorité.

Pourquoi, au juste, avait-il accepté de participer à cette croisière ? Personne ne lui avait mis un couteau sous la gorge. Il aurait pu prendre un hélicoptère pour assister à la célébration du mariage de sa cousine et repartir aussitôt les festivités terminées. Cela lui aurait épargné de subir cette pression très désagréable que Yaya faisait peser sur lui.

Mais, tout bien considéré, ce voyage lui donnait l'occasion de mieux connaître Stasia. Cette pensée amena un autre sourire sur ses lèvres. Elle était une belle surprise. Et puis, il pouvait s'en faire une alliée.

Alors qu'il pensait encore à elle, elle lui apparut, comme par enchantement.

— Bonjour, Stasia.

Elle se retourna, le cherchant du regard. Il n'attendit pas plus longtemps pour se précipiter à sa rencontre.

— Tu es libre ce soir ?

Elle fonça les sourcils, ce qui eut pour effet de creuser une petite ride sur son front.

— Pourquoi ? J'ai encore oublié de télécharger une application ?

— Non. Je désirais t'inviter à dîner. Mais si tu ne veux pas ou si tu as prévu autre chose, je comprendrais parfaitement.

— Non. Enfin, je veux dire que je n'ai rien prévu. J'accepte ton invitation avec plaisir.

— Roberto ! Roberto !

Il n'avait pas besoin de se retourner pour identifier cette voix haut perchée, si caractéristique de sa cousine Gaia. Il l'adorait. Vraiment. Si, un jour, par le plus grand des hasards, il avait un enfant, il aimerait que celui-ci ait la joie de vivre dont Gaia éclaboussait tout le monde.

Elle vint les rejoindre, le visage fendu d'un large sourire avenant.

— Quand je pense que nous n'avons même pas réussi à nous croiser, hier. J'en étais arrivée à me demander si tu avais bien embarqué sur ce bateau. Je suis tellement contente de te voir !

Son regard glissa alors vers Stasia.

— Je suis désolée. Je vous dérange, peut-être ?

Se souvenant soudain des bonnes manières, Roberto fit les présentations.

— Gaia, je voudrais te présenter Stasia Marinakos. Stasia, voici ma cousine Gaia, la future mariée.

— Je suis ravie de vous rencontrer, répliqua Stasia en tendant la main.

En guise de réponse, Gaia la prit chaleureusement dans ses bras.

— Nous n'allions tout de même pas nous serrer la main, dit-elle alors qu'elle tenait toujours Stasia serrée contre elle.

Roberto esquissa un sourire amusé. Dès qu'il s'agissait de mettre les gens à l'aise, Gaia n'avait pas sa pareille.

— Roberto m'a dit que vous alliez vous marier à Venise, reprit Stasia après que Gaia se fut écartée. Félicitations. Je suis certaine que ce sera un mariage magnifique.

Sa cousine fronça les sourcils, visiblement perplexe.

— Vous en parlez comme si vous n'étiez pas des nôtres, constata-t-elle.

— C'est que… En effet. Je… Je ne serai pas là.

Gaia fit aller de l'un à l'autre un regard chargé d'incompréhension.

— Eh bien, considérez-vous comme invitée. Vous serez la cavalière de Roberto.

Elle s'interrompit au son de son téléphone portable qui vibrait.

— Excusez-moi mais je dois y aller. J'ai été ravie de vous rencontrer, Stasia.

Au moment de les quitter, elle articula en silence à l'adresse de son cousin :

— Elle est superbe !

Sur ces mots, elle disparut aussi vite qu'elle était arrivée.

— Est-ce que j'ai bien compris ? demanda Stasia qui paraissait plongée en pleine confusion.

— C'est tout ma cousine, ça. Une force de la nature.

— Mais elle croit que toi et moi… nous sommes un couple. Pourquoi lui as-tu laissé penser une chose pareille ? Pourquoi n'as-tu rien dit ?

— Parce qu'elle ne m'aurait pas cru. Elle aime bien tirer ses propres conclusions de ce qu'elle voit. En ce sens, elle ressemble beaucoup à notre grand-mère. Mais ne t'inquiète pas, elle finira par comprendre.

— Et le mariage ?

Il prit le temps de réfléchir quelques secondes. Il n'était pas très à l'aise dans ce genre de cérémonie. Car s'il y avait bien une occasion où l'on ne manquait pas de lui demander quand il pensait convoler à son tour, c'était au cours de ce genre d'événements. La réponse venait alors, aussi invariable que sardonique : « Jamais ».

— Qu'en penses-tu ? demanda-t-il. Cela te dirait de m'y accompagner ?

— C'est que… Je ne voudrais pas m'imposer.

— Ce n'est pas toi qui t'imposes. Tu es invitée. Et crois-moi, je connais suffisamment Gaia pour savoir qu'elle serait déçue que tu ne répondes pas favorablement à son invitation.

Elle ne répondit pas, semblant réfléchir à sa réponse.

— J'ai toujours adoré les mariages, finit-elle par répondre. Sans compter qu'être invitée à un mariage à Venise, ça ne se refuse pas.

— Eh bien, c'est entendu, conclut-il, attentif aux mails qui déferlaient dans sa messagerie. Excuse-moi mais je dois te laisser. J'ai pas mal de travail en cours. À ce soir, pour le dîner ?

Ils échangèrent le numéro de leur cabine et ils convinrent qu'il passerait la prendre à 19 heures.

Une attente qui lui parut soudain une éternité.

C'était parfait. Stasia avait assez de temps devant elle pour se détendre et surtout, rassembler ses esprits. Xander avait peut-être eu raison d'insister avec cette croisière, après tout.

Elle décida de faire l'impasse sur l'excursion à Katakolon. Elle allait mettre à profit les heures qui lui restaient avant le dîner pour effectuer quelques recherches sur Internet. Car, comme elle l'avait décidé, il était temps de donner une orientation sérieuse à sa vie.

Bien déterminée à s'en tenir à son programme, elle alla chercher son ordinateur portable dans sa cabine, puis ressortit pour s'installer sur une chaise longue au soleil.

Mais très vite, ses pensées dérivèrent vers Roberto. Passait-il de bons moments en famille ? Ou était-il incapable d'en profiter, comme le sont souvent les bourreaux de travail ?

Elle pencha plutôt pour la seconde hypothèse. Cette pensée la fit sourire. Ils s'étaient bien trouvés, tous les deux, chacun s'efforçant de faire des efforts dans le but de s'améliorer.

Durant quelques minutes délicieuses, elle ferma les yeux pour mieux savourer la douce caresse du soleil sur son visage et laisser ses pensées vagabonder de nouveau.

Le miracle opéra : elle sentit ses muscles noués se détendre peu à peu.

Que d'heures elle avait passées enfermée au cours des dernières années ! D'abord pour rester au chevet de son mari, ensuite, pour faire face à tout un tas de tracasseries administratives. Elle n'aurait jamais imaginé que la mort pouvait engendrer un tel monceau de papiers à remplir, puis à renvoyer.

Une douce brise caressa son corps, la préservant d'une chaleur trop forte. Si elle n'avait pas eu tant à faire, elle aurait volontiers lézardé comme cela pendant des heures. Mais une promesse était une promesse et elle se faisait fort de s'y tenir.

Elle ouvrit donc son ordinateur, malheureusement le soleil qui se reflétait sur son écran l'empêchait de bien y voir. Elle chercha alors une place à l'ombre puis, lorsqu'elle l'eut trouvée, s'installa confortablement. Voilà. Elle pouvait démarrer ses recherches.

Elle fit le point sur ce qu'elle aimait. Lecture... Enseignement... Malheureusement, elle n'avait pas les diplômes requis pour se lancer dans une carrière littéraire. Peut-être qu'il n'était pas trop tard pour reprendre des études inachevées ? Mais plus elle y pensait, plus cette idée la rebutait.

Elle poursuivit ses recherches, bien souvent interrompues par des dragueurs en mal de compagnie. À croire qu'il y avait « célibataire » marqué au fer rouge sur son front. Célibataire et libre.

Il était presque l'heure qu'elle aille se préparer pour son dîner avec Roberto et elle n'avait toujours aucune idée de ce qu'elle allait faire de sa vie. N'était-ce pas normal ? À vingt-neuf ans, n'était-on pas censé avoir dépassé ce stade et être déjà bien installé dans sa vie professionnelle ?

Elle chassa ces pensées de son esprit pour se concentrer sur la soirée qui l'attendait. Elle avait un rendez-vous. Certes, ce n'était pas un rendez-vous galant, mais elle n'allait pas dîner non plus avec un frère ou un cousin.

La réalité la rattrapa d'un coup. Elle était impatiente de retrouver Roberto. Le Roberto drôle et agréable qu'elle découvrait peu à peu derrière l'homme d'affaires sérieux qu'elle avait toujours connu.

Enfin, l'heure du dîner arriva.

Roberto ne se souvenait pas avoir déjà été aussi fébrile et anxieux à l'idée d'aller dîner avec une femme.

Impatient de retrouver Stasia, il fendit la foule et descendit quatre à quatre les marches qui menaient au couloir conduisant à la cabine de la jeune femme.

Après une journée passée à subir les présentations des prétendantes que sa grand-mère avait sélectionnées pour lui, il lui tardait de retrouver une alliée. La tête de Yaya quand il lui avait annoncé qu'il ne dînerait pas en famille, ce soir-là !

Sous la pression, il avait fini par avouer qu'il avait prévu de passer la soirée avec Stasia. Sa grand-mère l'avait dévisagé d'un air suspicieux, mais il avait refusé d'en dire plus, la laissant libre de penser ce qu'elle voulait pourvu qu'elle cesse de lui mettre dans les pattes l'une ou l'autre des petites-filles de ses amies. D'ailleurs, il se demandait bien par quel tour de force elle avait réussi à persuader toutes ces jeunes femmes de participer à cette croisière.

Échaudé par la tournure qu'avait prise cette sortie, il avait fermement décidé que ce serait la dernière fois. Il préférait encore passer le restant de cette croisière enfermé dans sa cabine plutôt que de voir sa grand-mère se mêler sans cesse de ce qui ne la regardait pas.

Tout à ses pensées, il parvint devant la porte de Stasia. Il inspira un grand coup, puis frappa.

— C'est toi ? dit Stasia tout en ouvrant grand la porte. Déjà ?

Il encaissa le coup sans broncher. Yaya l'avait-elle perturbé au point qu'il s'était trompé d'heure ?

— Nous n'avions pas rendez-vous à 19 heures ? demanda-t-il.

— Si, répondit-elle, visiblement affolée. Mais il est déjà si tard ?

Elle, qu'il avait vue toujours calme et pondérée, semblait céder à une profonde panique. Même aux obsèques de son mari, elle avait offert à tous une attitude digne et élégante. À sa place, il aurait sans doute eu du mal à contrôler ses émotions.

Il s'éclaircit la gorge.

— Si tu as besoin de plus de temps, je repasserai dans un moment.

— Non, lâcha-t-elle finalement. Entre.

Aussitôt qu'il eut franchi le seuil, son regard se porta sur la pile de vêtements qui gisait sur le lit. Il visualisa très bien le tableau : Stasia essayant chacune de ces tenues avant de les écarter une à une sans pitié.

— Je… Je n'arrive pas à me décider, expliqua-t-elle en rougissant légèrement. Pour être tout à fait honnête, je n'ai pas dîné en tête à tête avec un homme, en dehors de mon frère, depuis la mort de Lukos.

Roberto hocha la tête : il comprenait.

— Détends-toi. Ce n'est pas comme si tu te rendais à un rendez-vous galant.

Elle affichait un air impassible qui ne trahissait rien de ce qu'elle ressentait vraiment.

— Tu as raison, approuva-t-elle.

— Veux-tu que je t'aide à ranger tout ça ?

Elle secoua la tête.

Il remarqua alors la robe qu'elle portait. Un fourreau noir à la fois sobre et élégant qui mettait en valeur ses courbes harmonieuses. Elle était tout simplement… Il chercha le mot juste qui rendrait justice à sa beauté. En vain.

— Tu es superbe, la complimenta-t-il plus sobrement.

Il la vit rougir un peu plus.

— Nous y allons ?

— C'est que… Je… Je n'y arrive pas. Pourrais-tu m'aider, s'il te plaît ?

— Bien sûr.

Elle se tourna alors pour lui présenter son dos dénudé.

— Il faudrait que tu remontes la fermeture Éclair, expliqua-t-elle.

Il eut beau lutter, il ne put résister à la tentation de contempler ce bout de peau nue, qui lui semblait douce et satinée. Il avala péniblement sa salive. Stasia venait de passer du statut de sœur de son meilleur ami à celui de femme désirable et désirée.

Il fit un pas vers elle, le cœur battant, incapable de proférer le moindre mot. Les battements de son cœur redoublèrent lorsqu'elle ramena sa lourde chevelure sur un côté, révélant son cou gracile d'un blanc laiteux.

Il s'imagina alors se pencher vers elle, poser les lèvres au creux de son épaule et…

— Roberto ? Il y a un problème ?

Oui. Il y avait un problème. Un problème de taille, même. Comment se comporter en gentleman lorsque le désir vous tenaillait de la sorte, lancinant, obsédant ?

— Non, pas du tout, répondit-il d'un ton qu'il s'appliqua à garder égal.

Pourtant, le doute subsistait. Allait-il pouvoir la toucher et faire comme si de rien n'était, pour ne pas éveiller ses soupçons ? Car une chose était certaine, il ne voulait pas risquer de perdre leur amitié naissante. Stasia pourrait se révéler une alliée précieuse dans la guerre qui l'opposait à sa grand-mère. Et puis, Gaia elle-même ne l'avait-elle pas poussé, même implicitement, à se donner une chance de vivre une relation amoureuse épanouissante, pour une fois ?

Il s'exhorta à garder son calme, puis tendit une main qui se voulait ferme vers la fermeture à glissière. Mais malgré ses efforts pour éviter tout contact physique, il effleura un bout de chair qui se révéla aussi doux et satiné qu'il l'avait imaginé. La peau de Stasia frémit légèrement sous ses doigts.

Ainsi donc, elle aussi était troublée.

Il inspira profondément, s'empara de la navette pour la faire remonter. Mais elle resta bloquée. Il fit une autre tentative, en tirant plus fort cette fois. Toujours rien.

Surmontant ses réticences, il se servit de son autre main pour réunir étroitement les deux côtés de la glissière. Rien à faire. La fermeture refusait de bouger.

— Qu'y a-t-il ? demanda Stasia.

— Je n'y arrive pas, admit-il piteusement. Cette fichue fermeture reste bloquée.

— Bloquée ?

— Surtout, ne bouge pas, lui intima-t-il alors qu'elle cherchait à se retourner. Tu risquerais d'aggraver les choses.

Elle obéit docilement tandis que la troisième tentative se révélait payante… jusqu'à ce que, de nouveau, à mi-hauteur, le système de fermeture s'enraye.

— Alors ? demanda-t-elle, cette fois avec une note d'impatience dans la voix.

— Je suis désolé, je n'y arrive pas.

— C'est ridicule ! Nous n'allons pas y passer la soirée, tout de même ! Je vais plutôt changer de tenue.

— Le problème, c'est que maintenant, je ne peux ni la faire remonter ni la faire descendre.

— Quoi ? Tu veux dire que je ne vais pas pouvoir retirer cette robe ?

— Viens un peu par ici que je voie ça de plus près.

Il alla s'asseoir au bord du lit et la regarda s'approcher. Elle n'était plus qu'à quelques centimètres de lui quand il la vit se prendre un pied dans le tapis et perdre soudain l'équilibre. Il n'eut que le temps de l'attraper par la taille. La seconde d'après, elle se retrouvait assise sur ses genoux.

Elle tourna son visage vers le sien. Ils étaient si près l'un de l'autre qu'il pouvait sentir son souffle tiède sur sa joue. Le désir monta en lui, fulgurant. Il n'avait pas le souvenir d'avoir jamais eu envie d'une femme comme il désirait Stasia.

Il abaissa les yeux sur sa bouche aux lèvres pulpeuses, teintées d'un rouge framboise qui lui donna envie de les croquer. Oserait-il ?

Lorsque leurs regards se croisèrent, il vit le même désir ardent danser au fond de ses prunelles. À cet instant précis, elle n'était plus la veuve de Lukos ni la sœur de Xander. Elle était juste une femme attirante qui voulait la même chose que lui.

Il se pencha sur sa bouche avant de s'arrêter net. S'il agissait trop vite, il risquait de la heurter. Dieu sait pourtant s'il brûlait de l'embrasser, mais il voulait avoir la certitude qu'il ne s'était pas trompé. Que Stasia désirait bien ce baiser autant que lui.

Il n'eut pas à se poser la question bien longtemps. Ce fut elle qui pressa ses lèvres sur les siennes.

Il la laissa faire sans esquisser le moindre geste tant il craignait de la voir changer d'avis. Il ferma les yeux pour mieux savourer le contact doux et chaud de sa bouche sur la sienne. Ce baiser avait un goût d'épice unique et rare qui l'enchantait. Pourtant, il en avait embrassé, des femmes !

Il fit doucement glisser la main dans son dos toujours dénudé. Sa peau était bien telle qu'il se l'était imaginée : douce et satinée. Il exhala un petit râle de plaisir. S'ils n'arrêtaient pas tout de suite ce petit jeu, ils risquaient de s'aventurer sur un terrain qu'aucun d'eux n'avait envie d'explorer.

Il fit donc un effort surhumain pour s'écarter. Elle fixa alors sur lui de grands yeux étonnés.

— Excuse-moi, bredouilla-t-il. Je me suis laissé emporter.

— Tu as raison, répliqua-t-elle dans un souffle avant de se lever et de s'éloigner de lui.

— Stasia…

Elle se retourna, lui offrant un visage empreint de quelque chose qui ressemblait à de la déception.

— Oui ?

— Ta fermeture Éclair.

— Ce n'est pas grave. Je vais me changer.

— Je te l'ai dit. J'ai bien peur que tu ne puisses pas.

Elle fronça les sourcils, visiblement contrariée. Elle devait chercher une solution à son problème sans avoir à recourir à son aide.

Voilà. Les ennuis commençaient. Si seulement il pouvait revenir en arrière !

— Viens, dit-il.

Puis, voyant qu'elle ne bougeait pas, il insista.

— Ce baiser. Cela ne se reproduira pas. Je ne chercherai plus à t'embrasser. Je te le promets, ajouta-t-il alors qu'elle hésitait toujours.

Vaincue, elle revint vers lui, mais veilla à garder une certaine distance, lui indiquant ainsi clairement qu'il n'était plus question de proximité.

La pensée qu'il avait gâché leur amitié naissante l'attrista sincèrement. Il n'aurait pas trop de cette soirée pour tenter de regagner sa confiance. Et encore ! S'il y parvenait.

Il batailla quelques minutes pour retirer le bout de tissu coincé dans la glissière mais finit par arriver à faire remonter la fermeture jusqu'en haut du fourreau. Ensuite, il présenta son bras à Stasia qui, après un bref instant d'hésitation, y glissa le sien.

C'était un bon début.

Stasia n'arrivait pas à y croire.

Son cœur battait encore très fort, peinant à retrouver un rythme normal. Avait-elle rêvé ou bien compris qu'elle ne laissait pas Roberto, le séduisant, l'irrésistible Roberto Carrass, indifférent ? Pour l'avoir vu plusieurs fois faire la couverture des magazines en compagnie de créatures sublimes, elle n'aurait jamais eu la prétention de croire qu'elle pouvait lui plaire.

Mais elle avait beau faire, le souvenir du baiser qu'ils avaient échangé la hantait. Un baiser délicieux qu'elle aurait aimé ne jamais voir s'interrompre et qui oblitérait chacune de ses pensées.

Un sentiment de culpabilité la submergea d'un coup. Pourquoi – de quoi – se sentait-elle coupable alors qu'elle était veuve depuis plus de deux ans maintenant ? N'était-il pas temps pour elle de renouer avec les plaisirs que la vie avait à lui offrir ? Son entourage, ses amis, tous la poussaient dans ce sens.

Malheureusement, c'était plus facile à dire qu'à faire.

La joie que lui procurait la perspective de ce dîner restait teintée de l'impression désagréable qu'elle trompait la mémoire de Lukos. Peut-être ne pourrait-elle jamais oublier qu'elle avait donné son cœur et son âme à son défunt mari.

Pourtant, lui aussi lui avait fait promettre d'aller de l'avant. Elle était trop jeune pour poursuivre sa route toute seule, lui avait-il affirmé. Il avait même insisté pour qu'elle trouve un homme à aimer qui lui ferait les enfants – deux : un garçon et une fille – qu'il n'avait pas eu le temps de lui donner.

Elle lui avait rétorqué qu'elle l'aimerait toujours, que le souvenir des moments merveilleux passés avec lui suffirait à sa vie. À ce moment-là, elle était sincère. Elle était incapable de se projeter dans l'avenir avec un autre homme que ce mari qu'elle aimait tant.

Deux ans plus tard, son cœur battait pour Roberto Carrass. Que penserait Lukos de ce choix ?

Son regard se posa sur Roberto. Rien dans son physique ni son comportement ne laissait penser qu'il était prêt à s'investir dans une relation amoureuse. Mais elle se posait trop de questions. Ils n'avaient échangé qu'un baiser. Rien de plus. Où était le danger ?

Aussitôt qu'ils furent installés à leur table, elle commanda un verre de vin. L'alcool allait l'aider à se détendre et faciliterait la discussion.

— Si nous faisions comme si ce baiser n'avait pas existé ? lança-t-elle la première, d'un ton qu'elle voulait désinvolte.

Mais dès qu'il posa les yeux sur elle, son cœur se mit à battre la chamade. Qu'avait donc cet homme de si spécial pour qu'un simple regard ait le pouvoir de faire vibrer chaque parcelle de son corps ?

La faute à trop de solitude, sans doute.

Il lui suffirait de se focaliser un peu plus sur son avenir. L'esprit ainsi occupé, elle pourrait se fermer à tous les Roberto du monde. Malheureusement, le problème, c'était ce Roberto-ci, celui qui l'accompagnait et qu'elle connaissait depuis des années. Celui qui ne semblait pas le moins du monde troublé par le baiser qu'ils avaient échangé, mais ne paraissait pas le regretter non plus.

— Est-ce vraiment ce que tu veux ? demanda-t-il d'une voix virile qui fit vibrer tout son corps de désir.

La réponse s'étrangla dans sa gorge. Non, ce n'était pas

ce qu'elle voulait. Bien au contraire. Elle voulait même bien plus que de simples baisers.

Et ensuite ? Si elle suivait son instinct ? Ses pulsions ? Ils vivraient une aventure torride – elle le pressentait –, mais une fois de retour à Athènes, que lui resterait-il, à part ses souvenirs et sans doute une bonne dose de regrets ?

Et puis, si elle se laissait distraire, qu'en serait-il de ses bonnes résolutions ? Elle descendrait de ce bateau sans avoir avancé d'un pouce dans ses recherches. Elle en serait au même point qu'aujourd'hui.

Non. Elle ne pouvait pas laisser une parenthèse, fût-elle merveilleuse, impacter sa vie future.

Bien déterminée à s'en tenir à son plan initial – descendre de ce bateau en ayant trouvé sa voie –, elle affirma avec force :

— Oui, c'est ce que je veux.

Mais, désireuse de ne pas lui fermer complètement la porte, elle s'empressa d'ajouter :

— Ce que j'aimerais aussi, c'est que nous restions amis.

Elle vit passer dans son regard quelque chose qui ressemblait à de la déception. Ou était-ce ce qu'elle voulait y lire ?

— C'est ce que je souhaite également, rétorqua-t-il avec un sourire chaleureux. Et maintenant, laisse-moi un peu te raconter ma journée.

Le malaise qui planait entre eux quelques minutes plus tôt se dissipa aussitôt. Ils passèrent leur commande, puis Roberto se lança dans un récit plein d'humour sur les manœuvres de sa grand-mère pour lui faire rencontrer l'une ou l'autre des jeunes femmes qu'elle pensait susceptibles de lui convenir. Rien que dans la journée écoulée, il avait eu droit à trois rencontres prétendument fortuites. Il avait même été obligé de lui parler de son rendez-vous avec Stasia, sans quoi il n'aurait pas échappé au dîner en tête à tête que Yaya avait déjà prévu pour lui avec l'élue de son choix.

Stasia prit une gorgée de vin en fixant Roberto par-dessus son verre.

— Dire que je reproche à mon frère de m'étouffer ! commenta-t-elle en souriant.

— Ce n'est pas la même chose. Xander veut te voir heureuse alors que ma grand-mère a décidé que je devais me ranger.

— Ne cherche pas à défendre mon frère ou tu pourrais t'en mordre les doigts, feignit-elle de le menacer.

Il leva les mains en signe de reddition.

— Crois-moi, je n'ai aucun intérêt à semer la zizanie entre vous.

— Voilà une preuve d'intelligence. C'est ce que j'apprécie chez toi.

Ils échangèrent un sourire complice, puis reprirent le fil d'une discussion légère ponctuée de rires joyeux. Depuis combien de temps n'avait-elle pas passé une aussi bonne soirée ?

La réponse lui vint, évidente : trop longtemps.

— Prendras-tu un dessert ? proposa-t-il.

Elle secoua la tête.

— Non, merci. Je ne pourrais pas avaler une bouchée de plus. C'était vraiment délicieux. J'avoue que j'avais quelques doutes quant à la qualité de la restauration à bord, mais je dois avouer que je suis agréablement surprise.

Roberto posa sa serviette sur la table, signe évident que la soirée touchait à sa fin.

— Merci d'avoir accepté mon invitation, dit-il. Ces heures avec toi ont été les meilleures de cette longue journée.

Il s'interrompit un bref instant. Repensait-il, lui aussi, au moment où ils s'étaient embrassés ou l'avait-il déjà relégué au rayon des souvenirs lointains ?

— Veux-tu faire autre chose ? finit-il par proposer.

Elle aurait adoré prolonger un peu cette soirée, mais mieux valait ne pas tenter le diable.

— Merci, mais je suis fatiguée. Je vais plutôt regagner ma cabine.

— Nous pourrions renouveler l'expérience un de ces jours, si tu veux.

— J'en serais ravie.

Le mot était faible tant elle brûlait de se retrouver de nouveau seule avec lui.

Ils se quittèrent sur ces mots.

Une fois dans sa cabine, Stasia tenta de se plonger dans la lecture d'un des livres de développement personnel qu'elle avait emportés. Certains devaient la trouver frivole ou idiote de ne pas encore avoir trouvé sa voie, à son âge. Mais lorsque votre vie bascule brutalement dans le cauchemar, il vous faut du temps pour vous reconstruire.

C'était exactement ce qu'elle était en train de faire avec ces lectures spécifiques. Pourtant elle avait beau faire, elle était incapable de se concentrer sur ce qu'elle lisait. Les mots dansaient devant ses yeux, oblitérés par l'image de Roberto.

Elle referma son livre, pensive. Mieux valait prendre l'air. Peut-être parviendrait-elle à calmer le flux d'émotions contradictoires qui l'assaillaient.

Elle n'était pas la seule à vouloir profiter de la douceur de cette soirée. Plusieurs personnes se promenaient sur le pont. Certains bras dessus, bras dessous, d'autres amoureusement enlacés. Tous en couple. Elle se sentit profondément seule. Personne ne l'attendait dans sa cabine.

Encore une fois, ses pensées dérivèrent vers Roberto. Elle sentit ses lèvres douces et chaudes sous les siennes, ses cuisses musculeuses, son torse…

Elle serait très bien toute seule, décida-t-elle fermement.

— Ah, enfin te voilà !

Roberto s'arrêta net dans le couloir.

— Bonsoir, Yaya.

— As-tu passé une bonne soirée ?

— Excellente, merci. Et toi ?

Yaya balaya sa question d'un haussement d'épaules.

— Marissa a beaucoup regretté ton absence, répliqua-t-elle en guise de réponse.

Marissa. Encore une des prétendantes qu'elle avait sélectionnées pour lui, sans doute.

— Comme je te l'avais dit, ce rendez-vous était très important pour moi. Je ne pouvais absolument pas me décommander au dernier moment.

Il savait toucher là un point sensible. Yaya ne pouvait qu'adhérer à cette preuve de bonne éducation.

— Tu pourrais peut-être rencontrer Marissa demain, lorsque nous serons à quai, insista-t-elle.

Fidèle à sa tactique, elle posa sur lui un regard implorant censé le faire flancher.

— Impossible. J'ai déjà prévu quelque chose.

Il ne mentait pas. L'idée venait de surgir, séduisante. Il allait proposer à Stasia d'aller faire du tourisme en sa compagnie. La perspective de passer toute une journée avec elle l'enchantait déjà.

— Je suis désolé, Yaya, mais je dois te laisser. J'ai quelqu'un à voir.

Les yeux de Yaya devinrent deux fines lignes horizontales.

— Ce « quelqu'un », est-ce une femme ?

Comme il opinait, elle demanda encore :

— Celle avec qui tu as dîné ?

Nouvel acquiescement qui entraîna une nouvelle question.

— Et tu t'obstines à affirmer que vous n'êtes rien de plus que de bons amis ?

La réponse était plus compliquée qu'il n'y paraissait. Plus compliquée, en tout cas, que la première fois où Yaya la lui avait posée car, depuis, les choses avaient évolué.

Il poussa un profond soupir, envisageant les différentes options qui s'offraient à lui. Depuis bien longtemps, il avait fait le choix de ne pas mentir à sa grand-mère. Enfin... Pas vraiment. Disons qu'il ne rentrait jamais dans les détails ou qu'il s'arrangeait avec la vérité.

Il soutint son regard inquisiteur sans ciller.

— À vrai dire, ce n'est pas aussi simple, lâcha-t-il.

Yaya écarquilla de grands yeux étonnés.

— Ne me dis pas que tu as des sentiments pour cette fille ?

Ding.

Il accueillit l'annonce de ce mail sans pouvoir dissimuler un profond soulagement.

— Il faut vraiment que j'y aille, Yaya. J'ai un problème urgent à régler.

La vérité, c'était qu'il était obsédé par le baiser qu'il avait échangé avec Stasia et qu'il avait envie d'être seul. Un baiser. Quelle ironie ! Lui, le tombeur de ces dames, qui se laissait troubler par un seul petit baiser ! Il ne savait plus quoi penser.

Tout à ses réflexions, il sortit sur le pont. Un peu d'air marin devrait suffire à lui remettre les idées en place. Mais au lieu du soulagement attendu, il se revit avec Stasia alors qu'ils s'embrassaient. Il sentit le goût fruité de sa bouche sur la sienne, les formes harmonieuses de son corps contre le sien…

Et il la vit.

Stasia venait d'apparaître, comme par enchantement. Accoudée au bastingage, elle contemplait la mer, semblant perdue dans ses pensées.

Il s'approcha, attiré comme par un aimant.

— Il semble que la soirée n'est pas terminée pour nous, murmura-t-il dans son dos.

Elle se retourna en lui souriant, de ce sourire ravissant qui lui chavirait le cœur.

— Je n'avais pas envie de me coucher, finalement. Veux-tu que nous fassions quelques pas ?

— Rien ne pourrait me faire plus plaisir, répondit-il.

Et, parce que c'était ainsi que se comportait un gentleman, il lui offrit son bras qu'elle accepta, cette fois, sans la moindre hésitation.

Lorsqu'elle glissa la main au creux de son coude, il put sentir la chaleur de sa peau à travers sa veste en lin. Une chaleur qui se propagea dans tout son corps aussi sûrement qu'une coulée de lave. Ils se mirent en marche, déambulant sur le pont que la lune éclaboussait de sa clarté blafarde, croisant les couples en quête de la même plénitude qu'eux.

Sauf qu'ils n'étaient pas un couple.

Et ce n'était pas un baiser qui allait changer la donne. D'ailleurs, il n'était pas loin de penser qu'il avait commis la plus grande erreur de sa vie.

Tandis que, semblant s'être donné le mot, les autres couples regagnaient l'intérieur, eux poursuivirent leur promenade, à peine dérangés par les rires étouffés qui leur parvenaient des portes battantes s'ouvrant et se refermant à intervalles réguliers.

— Demain, nous serons à Corfou, annonça-t-il. Accepterais-tu de m'accompagner pour une visite guidée de la ville ?

Elle secoua la tête.

— Merci, mais je crains bien que ce ne soit pas possible.

— Pourquoi ? Le tourisme de masse te rebute ?

— Ce n'est pas ça. Simplement, j'ai quelque chose d'important à faire.

Que pouvait-elle avoir de si important à faire ? Xander ne lui avait-il pas offert cette croisière pour qu'elle se détende et prenne un peu de bon temps ?

L'imaginer enfermée dans sa cabine pendant que lui flânerait à terre lui sembla soudain aussi absurde qu'inacceptable.

— Ne pourrais-tu pas t'accorder quelques heures ? insista-t-il.

Elle lui coula un regard sceptique.

— Tu tiens vraiment à ce que je t'accompagne ?

— Oui. J'apprécierais beaucoup que mon amie vienne visiter ces lieux avec moi.

Elle hésita. Il la supplia du regard, ignorant pourquoi c'était si important pour lui que Stasia soit là.

— Dans ce cas, je t'accompagnerai avec joie. Et puis, tu as raison. Une petite sortie me fera le plus grand bien.

Elle ponctua ses paroles d'un sourire qui lui fit battre le cœur plus fort.

— Il s'agit d'un vrai rendez-vous, cette fois, précisa-t-il.

Mais à peine avait-il prononcé cette phrase qu'il la regrettait. Même lui ne savait que penser de ces sentiments contradictoires qui le faisaient passer sans transition du doute à la certitude.

Il l'escorta jusqu'à sa porte. Il lui aurait paru naturel de l'embrasser pour lui souhaiter une bonne nuit, mais il se retint à temps.

Stasia se glissa à l'intérieur de sa cabine, ouvrant en lui un grand vide en même temps qu'une profonde déception.

Jour 3

Corfou, Grèce

Ils avaient découvert tant de belles choses !

Et encore n'avaient-ils pas tout vu des merveilles que recélait ce joyau méditerranéen.

Ils avaient débarqué tôt dans la matinée pour rejoindre le guide qui les avait tout d'abord conduits sur l'une des plus belles plages de l'île où ils ne s'étaient pas vraiment attardés. Ensuite, ils avaient mis le cap sur le Royal Palace, musée asiatique regroupant des chefs-d'œuvre de l'art chinois, japonais et indien.

De là, ils avaient visité le centre avec ses ruelles tortueuses bordées de maisons anciennes. Une véritable mine de trésors architecturaux.

Stasia était tellement enthousiaste qu'elle en oubliait presque ses pieds qui lui faisaient atrocement mal d'avoir trop marché.

— C'était magnifique ! s'exclama-t-elle.

— Oui. Toi aussi.

Elle éclata d'un petit rire joyeux, négligeant de s'offusquer de la manière outrageuse dont Roberto flirtait avec elle. Il avait été charmant tout au long de cette journée ! Il s'était montré drôle et distrayant mais, surtout, il ne l'avait pas traitée comme une petite chose fragile, à l'instar de son frère et de ses amis.

Durant cette escapade, elle s'était sentie légère, oubliant les tourments qui, bien souvent, revenaient l'assaillir.

La soirée était assez avancée lorsqu'ils regagnèrent le bateau en compagnie des autres touristes. Stasia était épuisée mais radieuse. Cette sortie lui avait permis de découvrir une facette de Roberto qu'elle ne connaissait pas. Vêtu comme il l'était d'un bermuda kaki et d'un polo à manches courtes, il n'avait plus rien de l'homme d'affaires sérieux qu'elle connaissait depuis toujours.

Une fois sur le pont, elle se tourna pour lui dire avec un brin d'émotion :

— Merci beaucoup, Roberto. J'ai passé une journée merveilleuse.

— Tu ne m'en veux donc pas de t'avoir presque forcée à m'accompagner ?

— Pas du tout.

Et pour qu'il comprenne bien qu'elle était sincère, elle se hissa sur la pointe des pieds et déposa sur sa joue un baiser qu'elle voulait amical.

Elle sentit alors les bras de Roberto se refermer sur elle, puis l'envelopper tout entière. Elle ne chercha pas à se soustraire à cette douce étreinte. Elle se laissa aller contre son torse musculeux, s'étourdissant des effluves de son eau de toilette, mélange heureux d'agrumes et d'épices.

— Bonsoir, Roberto.

Stasia, qui se sentit bêtement prise en faute – de quoi, mon Dieu ? – s'écarta brusquement. Les joues en feu, elle se retourna vers la voix féminine qui venait d'interpeller Roberto.

Elle se retrouva face à une femme d'un certain âge aux cheveux courts d'un blanc immaculé, qui encadraient un visage aux traits encore délicats. Mais ce qui retenait l'attention chez cette femme, c'étaient ses yeux. Des yeux du même bleu profond que ceux de Roberto. Stasia comprit tout de suite qu'elle avait affaire à sa grand-mère.

— Yaya, que fais-tu ici ? demanda Roberto.

— Eh bien, mon chéri, comme tu le vois, je prends l'air.

Son regard pénétrant se fixa ostensiblement sur Stasia.

— Mais je te retourne la question : que fais-tu ici ? Je te rappelle que tu dînes avec Marissa, ce soir.

— Désolé, mais nous avons déjà mangé.

Yaya le fusilla d'un regard noir.

— Tu savais pourtant que tu avais des obligations.

Stasia n'en croyait pas ses oreilles. Cette femme avait la ferme intention de gérer l'agenda de son petit-fils. Même devant elle, pour qui elle était une parfaite étrangère. Pauvre Roberto ! Elle avait beau critiquer Xander, lui au moins n'essayait pas de la jeter dans les bras d'un homme. Au contraire même, il faisait tout pour l'en empêcher.

Bon. Elle n'allait tout de même pas rester là, les bras ballants, à regarder cette Yaya pousser son petit-fils à faire des choses qui lui répugnaient. Car, elle le devinait, Roberto était trop bien élevé pour s'opposer ouvertement à sa grand-mère.

Son sort dépendait d'elle.

Oserait-elle ?

Elle osa.

Défiant Yaya du regard, elle glissa une main dans celle de Roberto, qui baissa les yeux sur elle, visiblement surpris.

— Tu ferais mieux de le dire à ta grand-mère, dit-elle d'un ton encourageant.

— Dire quoi ? demanda Yaya.

Le visage de Roberto reflétait une confusion totale. Il chercha le regard de Stasia, pensant y trouver la réponse à donner. Mais comme il restait silencieux, ce fut elle qui se jeta à l'eau :

— Tu ne crois pas qu'il serait temps de lui parler de nous deux ? poursuivit-elle d'un ton angélique.

Était-ce un effet de son imagination ? Elle eut l'impression que Roberto blêmissait.

Il secoua la tête.

— Je ne crois pas que ce soit une bonne idée, finit-il par objecter.

— Roberto, vas-tu me dire ce qui se passe, à la fin ? s'impatienta Yaya.

Ignorant la demande de sa grand-mère, il plongea le regard dans celui de Stasia.

— Tu es sûre ?

Elle lui adressa un sourire qui se voulait rassurant, puis acquiesça en silence. Roberto se tourna alors vers sa grand-mère.

— Stasia et moi sortons ensemble, déclara-t-il.

— Tu veux dire… comme un couple ?

Elle accompagna sa question d'un regard suspicieux qu'elle fit aller de l'un à l'autre.

— Dans ce cas, pourquoi ne pas me l'avoir dit avant, lorsque je te l'ai demandé ? ajouta-t-elle.

En signe d'encouragement, Stasia pressa la main de Roberto. Elle sentait la tension qui nouait ses muscles. Qu'allait-il trouver ? Comment allait-il se sortir d'une telle impasse ?

— Stasia est la sœur de mon meilleur ami, commença-t-il après s'être éclairci la gorge. Je ne pense pas qu'il serait heureux d'apprendre notre relation. J'en suis certain, même. C'est pour cette raison que nous préférons nous monter discrets et ne rien annoncer. Enfin… pour l'instant.

Il en était là de sa confession lorsqu'une jolie fille, venue vers eux, s'arrêta à côté de Yaya.

— Il est l'heure, non ? lui demanda-t-elle.

— Pas encore, chérie, répondit Yaya sans lâcher Roberto des yeux. Pars devant. Je te rejoins.

La jeune femme fronça les sourcils, visiblement mécontente.

— Mais je croyais que…

— Je t'expliquerai plus tard, la coupa Yaya. Maintenant, va, ajouta-t-elle d'un ton qui n'entendait pas être discuté.

L'inconnue tourna les talons – qu'elle avait hauts – et s'éloigna, non sans avoir d'abord jeté un regard noir à Stasia.

Il lui vint alors à l'esprit qu'elle s'était peut-être mêlée de ce qui ne la regardait pas. Avait-elle aidé Roberto ou, au contraire, l'avait-elle mis dans une situation embarrassante ? Qui sait si cette très jolie femme ne lui plaisait pas ?

Inébranlable, Yaya dardait maintenant sur elle un regard sceptique. Manifestement, elle n'était pas convaincue.

— Ainsi donc, vous sortez avec mon petit-fils. Dois-je vous croire ?

— Absolument.

La vieille femme leur adressa un dernier regard perplexe avant de conclure :

— Nous en reparlerons plus tard.

Sur ces mots, elle les planta là, s'éloignant d'une démarche royale.

Stasia attendit qu'elle soit hors de vue pour demander :

— Tu penses qu'elle nous a crus ?

— Je ne sais pas. C'est toujours difficile de savoir ce qu'elle pense.

— En tout cas, il était évident qu'elle était déçue. J'ai un peu honte de lui avoir joué la comédie comme je l'ai fait.

— Moi aussi, mais nous n'en serions pas arrivés là si elle ne se mêlait pas de ma vie privée.

Il s'interrompit, semblant penser à autre chose.

— Si la nouvelle parvient à ton frère, poursuivit-il, je crains que lui non plus n'apprécie guère.

— Tu as raison. S'il l'apprenait, il serait furieux contre nous deux. Il se fait tellement de souci pour moi ! Savais-tu que lorsque je me suis mariée, Lukos et moi nous avons dû nous enfuir parce que Xander avait une mauvaise opinion de lui ?

Pourquoi ce souvenir, pourtant lointain, remontait-il à la surface ? Sans doute parce que Lukos avait eu – et aurait toujours – une place importante dans sa vie. Vouloir prétendre le contraire était inutile.

Ils avaient opté pour une cérémonie toute simple, mais romantique, dans une petite chapelle rustique de la campagne toscane. Sa robe aussi était toute simple, à l'image de son bouquet de mariée, composé de fleurs des champs. Lukos portait un costume et une cravate gris anthracite. Il avait arboré un sourire radieux toute la journée, ne laissant penser à personne, pas même à elle, son épouse, qu'il était déjà malade.

Comment aurait-elle pu deviner ? Il ne se plaignait jamais.

Elle exhala un profond soupir, refermant la porte sur ces souvenirs qui, bien que profondément enfouis en elle, demeuraient encore douloureux.

Roberto la fixait, les sourcils froncés.

— Je suis désolé, Stasia. Je ne voulais pas ranimer des souvenirs aussi douloureux.

— Ce n'est rien, répliqua-t-elle d'un ton peu convaincant. Mais vois-tu, si j'avais le pouvoir de remonter le temps, je ferais les choses différemment.

— À l'époque, je savais que quelque chose n'allait pas entre Xander et toi, mais j'ignorais quoi.

— Plus tard, Xander est revenu sur son opinion. Il m'a présenté des excuses pour avoir mal jugé Lukos. Mais au début, la tension était telle entre eux deux qu'elle en était presque palpable.

Elle s'interrompit, secouant la tête pour mieux chasser de son esprit cette période difficile de sa vie.

— Je sais bien que Xander m'aime et qu'il ne veut que mon bien, mais j'apprécierais qu'il me fasse confiance. Qu'il me laisse trouver ma voie par moi-même. Depuis toujours, il se fait un devoir de me protéger. Quand j'étais au lycée, il éloignait tous les garçons qui s'approchaient un peu trop de moi. J'étais obligée de me cacher pour aller retrouver mes petits amis.

— Si je me souviens bien, tu as fait un peu la même chose avec lui lorsqu'il a rencontré Lea.

— C'est exact mais là, c'était différent. Il la connaissait à peine que, déjà, il voulait emménager avec elle à Infinity Island.

— Il était seul juge.

— Évidemment. Je regrette aujourd'hui de m'être montrée aussi intrusive. Mais, à l'époque, je me demandais si Lea n'était pas une intrigante qui lui avait fait un enfant dans le dos pour mieux lui mettre le grappin dessus. Pire, même, je la soupçonnais de vouloir lui faire endosser une paternité à laquelle il était étranger.

— Tu n'avais pas à t'en mêler, Stasia. C'était à ton frère, et à lui seul, de démêler le vrai du faux, si tant est qu'il en avait envie.

Elle fronça les sourcils. Prononcés par Roberto, ces mots se chargeaient de tout leur sens. Ils lui faisaient vraiment prendre conscience du fait qu'elle avait agi avec Xander comme lui-même se comportait avec elle.

— Pour en revenir à notre cas, que faisons-nous ? Nous lui parlons de notre petit arrangement ?

— Ce n'est pas nécessaire.

— C'est que… Je n'ai pas envie de lui mentir.

— Tu n'auras pas à le faire. Ce n'est pas comme si nous sortions vraiment ensemble. Quant à ma grand-mère, ce qu'elle s'imagine ne regarde qu'elle.

Malgré la légèreté que Roberto voulait donner à la situation, quelque chose chiffonnait Stasia.

— Nous pourrons prétendre former un couple le temps que durera cette croisière, objecta-t-elle. Mais ensuite ?

— Nous dirons que nous avons rompu. Ce ne sera pas si difficile à croire. Aujourd'hui, les couples se font et se défont sans en faire toute une histoire. C'est monnaie courante.

— Quelle raison invoquerons-nous ? insista-t-elle.

Elle, en tout cas, n'en voyait aucune. Quelle femme serait assez stupide pour vouloir quitter un homme comme Roberto qui, à ses yeux, frôlait la perfection ?

— Je ne sais pas, moi… Tiens, que je travaille trop… Je suis un maniaque de la propreté… Tu t'ennuies avec moi. Tu vois, ce ne sont pas les raisons qui manquent.

Ces arguments étaient si éloignés de la réalité qu'elle esquissa un sourire amusé.

— Lever le pied peut se corriger facilement, pour peu que l'on y soit encouragé.

— Encore faut-il qu'on soit avec une personne qui vous en donne envie, souligna-t-il, sceptique.

Elle n'était donc pas la bonne personne. Évidemment. Croire le contraire serait bien prétentieux de sa part.

— Ensuite, et en ce qui me concerne, j'aime que les hommes prennent soin de leur apparence.

— Être un maniaque de la propreté n'est donc pas un motif sérieux de rupture ? dit-il en riant.

— Pas du tout.

Elle se pliait volontiers au jeu de la séduction qu'il lui imposait. C'était si bon d'être considérée comme une femme désirable et non comme une infirmière ou une veuve éplorée vulnérable.

— Quant à la troisième raison, elle n'est tout simplement pas crédible. Tu peux être drôle quand tu le veux, le taquina-t-elle. Grâce à toi, je me suis beaucoup amusée, aujourd'hui. Tellement, même, que je suis impatiente de faire d'autres excursions en ta compagnie.

— J'avoue que lorsque je t'ai proposé cette sortie, je ne savais pas trop où je mettais les pieds. Mais je ne le regrette pas parce que, moi aussi, je me suis bien amusé.

— Je suis heureuse de te l'entendre dire. Quand accosterons-nous à Venise ?

— Dans quelques jours.

Elle s'arrêta net de marcher, soudain frappée par une réalité qui lui semblait absurde.

— Te rends-tu compte que je ne connais pas cette ville ?

— Vraiment ? Je pensais que tu y étais allée au moins

une fois. C'est un endroit très romantique ! Vraiment magnifique.

— J'en rêvais depuis des années, mais il y avait toujours une bonne raison qui m'empêchait de réaliser ce rêve.

— Je suis très honoré d'être le premier à te faire découvrir cette merveille, déclara-t-il en lui souriant.

Il paraissait si sincère que, de nouveau, elle eut envie de poser ses lèvres sur les siennes. Pourtant, au lieu de céder à la tentation, elle exhala un long soupir chargé de frustration.

Et si elle l'invitait plutôt à prendre un dernier verre dans sa cabine ? Non. Mauvaise idée aussi. Elle ne savait que trop bien ce qui se passerait ensuite.

Cette prétendue liaison risquait de prendre une tournure réelle qui, non seulement mettrait en péril l'amitié profonde qui existait entre Xander et Roberto, mais qui compromettrait également la relation harmonieuse qu'elle entretenait avec son frère.

Elle aurait trop à perdre pour une romance qui ne durerait que le temps de cette croisière.

La raison l'emporta.

— Bonne nuit, Roberto.

— Bonne nuit, Stasia.

Elle resta immobile à le regarder s'éloigner, incapable de le lâcher des yeux. Il ne se retourna pas, même si, en secret, elle avait espéré le contraire.

Roberto Carrass allait et venait dans la vie de Stasia Marinakos comme il l'entendait.

Sans état d'âme.

Jour 4

Kotor, Monténégro

Sauver les apparences s'avérait étonnamment facile, au bout du compte.

D'autant plus facile que Roberto aimait passer du temps avec Stasia. Peut-être même un peu trop.

Elle, de son côté, semblait moins enthousiaste. À sa décharge, il devait bien reconnaître que la famille Carrass était pour le moins envahissante.

Pour échapper à celle-ci, Stasia ne ratait pas une occasion d'aller se réfugier dans sa cabine. Mais peut-être était-ce lui qui se faisait des idées tant Stasia lui manquait dès lors qu'elle n'était plus dans son champ de vision.

— Eh bien ! Pas facile de te trouver, ces jours-ci, s'éleva une voix masculine familière derrière lui.

Roberto se retourna vers son grand-père. Un bel homme encore, dont la stature en imposait. Il était auréolé d'une belle chevelure blanche qui, alliée à des traits encore nets, lui conférait une élégance folle.

— Ce n'est pas volontaire, répondit-il. Il faut dire que, entre les nombreuses activités que propose le bateau, les excursions touristiques et mon travail, je suis bien occupé.

— Je comprends. Ta grand-mère ne cesse de m'asticoter pour que je l'accompagne dans ses sorties, mais elle n'a pas l'air de comprendre que je ne suis pas tout à fait en vacances.

Roberto plaignait sincèrement son grand-père. À l'âge qu'il avait, il aurait dû profiter de la vie plutôt que de se tuer à la tâche. Malheureusement, têtu comme il l'était, il ne supportait pas de déléguer et encore moins de passer la main.

Face aux exigences du vieil homme, tous les membres de la famille susceptibles de prendre la relève avaient déclaré forfait. Roberto avait fait les frais de ce comportement tyrannique. Il avait préféré démissionner pour s'associer à Xander, alors qu'intégrer la société familiale était, depuis toujours, son vœu le plus cher.

Son grand-père s'éclaircit la gorge, rompant le fil de ses réflexions.

— Il faut que j'y aille, déclara-t-il.

— Tu vas retrouver Yaya ?

Il secoua la tête.

— Non. J'avais bien dit à ta grand-mère que le moment était mal choisi pour entreprendre cette croisière.

Quelque chose dans le ton de son grand-père l'alerta.

— Tout va bien ?

— Tu ne vas pas me demander de lever le pied, toi aussi ! répliqua le vieil homme d'un ton impatient.

S'il avait été plus jeune, Roberto n'aurait pas cherché à lui résister. Mais maintenant qu'il était adulte, il ne se laissait plus impressionner par la stature imposante et le ton caverneux de son grand-père.

— Elle a peut-être raison de s'inquiéter pour toi, pointa-t-il.

Le vieil homme pinça les lèvres et fixa Roberto comme s'il avait affaire à un traître.

— Qu'est-ce que cela peut te faire, de toute façon ? Tu m'as salement lâché, non ?

— J'ai quitté la société parce que tu ne m'as pas laissé le choix, rétorqua Roberto. Mais c'est du passé, maintenant, s'empressa-t-il de conclure pour ne pas donner à son grand-père l'occasion d'objecter.

— Tu avais le choix, s'entêta le vieil homme qui ne supportait pas d'être privé du dernier mot. On a toujours le choix. Mais tu as raison, inutile de ressasser cette histoire.

Cette dernière phrase, prononcée avec une douceur inattendue, donna à Roberto l'envie de lui tendre la main.

— Tu sais, je suis occupé mais pas tant que ça, finalement. Et puis, je ne suis pas un adepte de ces excursions. Je n'en serai pas malade si j'en rate une ou deux.

— Je n'ai pas besoin de ta pitié.

Dépité, Roberto secoua la tête. Il aurait dû savoir qu'il allait se faire repousser. Son grand-père ne changerait jamais.

— Ce n'est pas de la pitié. Mais peu importe. De toute façon…

— Attends.

Le vieil homme l'épingla d'un regard scrutateur, hésitant à poursuivre.

— Tu parles sérieusement ? finit-il par dire. Parce que si c'est le cas, sache que ce que je vais te dire doit rester confidentiel. Je ne veux pas que ta grand-mère s'inquiète plus qu'elle ne le fait déjà.

C'était déjà trop tard, mais Roberto se garda bien d'en faire la remarque. Mieux valait jouer le jeu, pour une fois que son grand-père semblait décidé à lui témoigner de la confiance.

— Tu peux compter sur moi, promit-il.

Le vieil homme le mit alors au courant d'un projet de construction dans la proche banlieue d'Athènes ainsi que de problèmes liés au service comptable. Via son smartphone, il transféra en deux clics les dossiers à Roberto qui s'étonna de voir un homme de cet âge user aussi facilement des nouvelles technologies. Enfin, ce n'était pas non plus courant de voir un homme de cet âge diriger encore une société pesant plusieurs millions de dollars.

Après avoir vérifié qu'il avait bien reçu le dossier en question, Roberto promit à son grand-père de revenir très vite vers lui.

— Maintenant que ce problème est réglé, dit le vieil homme, parle-moi un peu de ta relation avec… avec… Comment s'appelle-t-elle, déjà ?

— Stasia. Elle s'appelle Stasia. C'est Yaya qui t'a parlé d'elle ?

— Évidemment ! Qui d'autre ? Quoique… Il semblerait que toute la famille soit au courant.

Manquant de hausser les épaules, Roberto se reprit à temps. Il était des gestes que son grand-père ne supportait pas. Combien de fois l'avait-il sermonné lorsque, Roberto étant enfant, il le surprenait à se laisser aller à ce qu'il appelait « de mauvaises manières ».

Roberto s'éclaircit la gorge.

— C'est tout nouveau. À vrai dire, je ne m'y attendais pas du tout. J'ignore pourquoi mais, au lieu de se réjouir, Yaya semblait contrariée.

— Parce qu'elle pense que ce n'est pas sérieux. Elle te connaît. Elle croit que tu as manigancé toute cette histoire pour te défiler et éviter de rencontrer les jeunes femmes qu'elle a sélectionnées pour toi. Aurait-elle raison ?

Il fixa sur Roberto un regard pénétrant qui visait sans doute à traquer le moindre signe susceptible de le confondre.

— Pourquoi cette relation devrait-elle être sérieuse ? répliqua Roberto en guise de réponse.

— Si je comprends bien, tu es en train de me dire que cette histoire ne durera pas plus que les précédentes ? Ta grand-mère a raison. Peut-être que c'est du vent.

Roberto refoula la colère qu'il sentait monter en lui. Pourquoi fallait-il que son grand-père braque sur lui le faisceau d'un regard constamment réprobateur ? Pourquoi fallait-il que tous attendent de lui qu'il agisse selon leurs désirs, sans tenir compte de ce que lui voulait ?

Au moins, il était là, contrairement à ses parents qui,

toujours mariés, vivaient séparés, à des milliers de kilomètres l'un de l'autre. Loin de lui.

Il ne se laisserait pas faire. Pas question qu'il entre dans le moule sans faire de vagues ou qu'il agisse comme ses parents, qui avaient fini par le sacrifier à leur besoin de liberté.

Ah, ça ! Il en avait vu défiler, des nounous ! Entre leur emploi au sein de la société familiale et leur vie mondaine, ils n'avaient pas eu de temps à lui consacrer.

Une fois, il avait même entendu sa mère avouer qu'elle regrettait sa naissance. Ces mots cruels lui avaient fait l'effet d'un coup de poignard en plein cœur. Trahi par la personne qui aurait dû l'aimer le plus au monde, il s'était alors replié sur lui-même, fuyant la présence des adultes qui ne savaient que lui faire du mal.

Et puis, il y eut ce jour où une terrible dispute opposa son père et son grand-père – qui en arrivèrent même aux mains – et au terme de laquelle ses parents avaient fini par quitter la maison, le laissant derrière eux sans état d'âme, comme un vulgaire objet encombrant. Bien plus tard, il avait appris que ses parents avaient été accusés de mauvaise gestion et de détournements de fonds.

Abandonné par ses géniteurs, il avait passé sa jeunesse entre la propriété de ses grands-parents et les pensionnats. Yaya avait eu beau faire de son mieux pour combler le vide que l'absence de ses parents avait laissé en lui, il y avait des cicatrices qui ne se refermaient jamais tout à fait.

Il s'était juré, il y avait bien longtemps, de ne jamais fonder de famille. Il ne voulait surtout pas prendre le risque de réaliser un jour – trop tard – qu'il n'avait pas la fibre paternelle. Un enfant ne devrait pas subir ce que lui-même avait subi, il ne le souhaitait à personne.

Et Stasia ? Qu'en pensait-elle ? Souhaitait-elle avoir des enfants ? Elle semblait prendre son travail au sérieux, mais cela n'avait pas l'air de l'épanouir, encore moins de la rendre heureuse. Il avait bien vu que le cœur n'y était pas, au cours de réunions avec Xander. Elle était attentive, réactive, bref, professionnelle. Cependant, elle ne souriait jamais. Son visage ne s'animait pas comme lorsqu'un projet l'excitait.

En revanche, durant les années qu'elle avait passées avec son mari, elle lui avait semblé heureuse. Le mariage était-il pour elle une finalité ? Était-ce ce qu'elle recherchait dans une relation amoureuse ?

Si tel était le cas, il devrait se montrer attentif à ne pas lui donner de faux espoirs. La bague de fiançailles, la robe blanche, le grand tralala, ce n'était pas pour lui. Ça ne le serait jamais.

Il posa sur son grand-père un regard plein de détermination.

— Peu importe ce que tu penses, trancha-t-il. Stasia et moi sommes ensemble. Je compte bien qu'elle m'accompagne au mariage de Gaia.

Le vieil homme accueillit cette réponse par un profond soupir.

— Comme tu voudras. Nous verrons bien le temps que cette histoire va durer, ajouta-t-il, comme pour lui-même.

Sur ces mots, il lui tourna le dos et s'éloigna d'un pas encore vif. Roberto haussa les épaules. Depuis le temps, il s'était habitué à décevoir son grand-père. Certaines choses ne changeraient jamais.

Ses pensées dérivèrent une nouvelle fois vers Stasia. Que faisait-elle ? Il s'apprêtait à partir à sa recherche, avant d'y renoncer finalement.

Mieux valait ne pas passer trop de temps avec elle, même si tout son être lui criait le contraire.

Il faisait trop beau pour rester enfermée.

Stasia tendit le cou à travers le hublot pour mieux offrir son visage à la caresse du soleil. Elle regrettait presque d'avoir refusé d'accompagner Roberto dans la visite guidée du jour, mais elle avait préféré se réserver du temps pour découvrir Venise.

Où se trouvaient-ils exactement ? Ah oui ! Au Monténégro, se rappela-t-elle après quelques secondes de réflexion. Il faut dire qu'elle avait des excuses. Changer de port tous les jours pouvait s'avérer perturbant et vous faire perdre vos repères, à la longue.

Elle n'avait pas perdu son temps. Elle avait mis à profit cette journée à bord pour avancer dans son travail de recherche. Elle avait effectué des tests d'aptitude sur Internet, puis s'était renseignée sur les différents cours proposés par diverses universités.

Satisfaite du travail effectué, elle referma son ordinateur et quitta sa cabine.

Que pouvait bien faire Roberto ? Peu importait. De toute façon, elle n'avait pas l'intention d'aller le déranger. Il était bien libre de profiter de ses vacances comme il l'entendait, et même de travailler si ça lui chantait.

Tout à ses pensées, elle prit la direction de la piscine qui, à cette heure de la journée, résonnait des cris stridents d'enfants surexcités.

En s'installant sur une chaise longue, elle repensa à l'enfant que Lukos et elle n'avaient pas eu. Ils avaient pourtant projeté de faire un bébé. Malheureusement, juste quand ils avaient décidé de se lancer et de poser les fondations d'une famille qu'ils prévoyaient nombreuse, le couperet était tombé, tranchant.

Un petit garçon passa près d'elle, agrippé à la main de son père. Il devait avoir dans les deux ans, l'âge qu'aurait eu leur enfant s'ils avaient pu concrétiser leur rêve.

Une flèche douloureuse lui transperça le cœur tandis qu'elle se revoyait à l'hôpital, au chevet de son mari souffrant. Soucieux d'alléger un fardeau qu'il jugeait sans doute trop lourd pour elle, Lukos la renvoyait fréquemment, feignant de ne pas avoir besoin d'elle. Elle faisait alors mine de repartir mais, en vérité, elle ne s'éloignait jamais et restait à traîner dans les couloirs de l'hôpital.

Au cours de ses déambulations, elle était ainsi tombée sur un groupe de bénévoles qui avaient fait le choix – elle l'avait appris plus tard – de dédier leur temps libre aux plus vulnérables, à savoir les plus jeunes et les plus âgés.

De temps en temps, au début pour tuer le temps puis, très vite, parce qu'elle prenait plaisir à se sentir utile, elle leur rendait régulièrement visite. Les bénévoles avaient même fini par lui confier de petites missions auprès des malades.

— Stasia ?

La voix de Roberto la ramena brutalement sur terre.

Elle tourna la tête vers lui. Il portait un short qui dévoilait ses jambes tout en muscles. Des jambes de coureur, songea-t-elle. Puis son regard remonta sur sa taille dont les courbes légèrement incurvées accentuaient la puissance d'un torse viril. Un peu plus haut, elle scruta sa bouche. Une bouche qui lui donnait envie de baisers passionnés.

Lorsque leurs regards se trouvèrent, elle remarqua une petite étincelle amusée qui dansait au fond de ses prunelles.

Elle avala péniblement sa salive. Que lui prenait-il donc ? Il n'était pourtant pas dans ses habitudes de détailler quelqu'un – encore moins un homme – de manière aussi ostensible. Mais elle n'y pouvait rien. Il y avait un je-ne-sais-quoi d'irrésistible en lui qui bouleversait tous les codes de bienséance qu'on lui avait inculqués.

— Alors ? L'examen est positif ? demanda-t-il d'un ton taquin.

Se savoir prise sur le fait la fit rougir violemment.

— Je… Je ne m'attendais pas à te voir aujourd'hui, balbutia-t-elle.

— Je peux repartir, si tu veux.

— Non. Reste, je t'en prie.

Il s'installa sur la chaise longue voisine de la sienne

avant de se lancer dans une explication qu'elle ne lui avait pas demandée :

— J'ai pris connaissance de mes mails, mais à part cela, je n'avais rien prévu.

— Ainsi donc, il t'arrive de ne pas travailler comme un forcené ?

— C'est l'image que tu as de moi ? Celle d'un bourreau de travail incapable de lâcher prise ?

— En tout cas, c'est l'idée qu'on se fait de toi.

— Il faut dire que chaque fois que tu me vois, c'est dans un contexte professionnel, se justifia-t-il. Mais il m'arrive de m'intéresser à autre chose qu'à mon travail.

— À quoi, par exemple ? insista-t-elle, sincèrement curieuse de connaître encore une autre facette de cet homme qu'elle trouvait fascinant.

— Eh bien, j'adore aller courir, tôt le matin, juste après le lever du soleil.

— Ça se voit. Tu as des jambes d'athlète.

Était-ce un effet de son imagination ou vit-elle Roberto rougir légèrement sous le compliment ?

— J'aime aussi beaucoup cuisiner même si – je l'avoue humblement – mon planning ultra-serré ne m'en laisse pas souvent l'occasion. J'ai une fâcheuse tendance à me laisser dévorer par mon travail. Chaque fois, c'est pareil. J'ai beau me dire qu'il est temps de quitter le bureau pour rentrer chez moi, j'ai du mal à me défaire d'un projet, lorsque je suis dessus. Il ne me reste plus alors qu'à me faire livrer mon dîner à domicile, ce qui n'est pas l'idéal pour terminer une journée, je te l'accorde.

— Je comprends. En fait, il n'y a rien qui te donne envie de rentrer chez toi plus tôt.

Elle comprenait d'autant mieux que c'était exactement ce qu'elle ressentait à l'idée de devoir quitter la douceur du foyer de Xander et Lea pour aller retrouver une maison vide où rien ni personne ne l'attendait.

Dire qu'elle avait été la première à trouver le grand

amour ! Combien de fois elle avait plaint Xander d'être seul, de ne pas connaître le bonheur de vivre à deux et de tout partager avec la personne aimée.

Aujourd'hui, les rôles étaient inversés. C'était Xander qui connaissait la joie d'être amoureux et qui s'inquiétait de la savoir seule.

Comme la vie pouvait être imprévisible !

— J'ai choisi de privilégier mon travail plutôt que ma vie personnelle, rétorqua-t-il en évitant son regard.

Elle ouvrit la bouche pour répliquer, mais la referma sans rien dire. Choisir de vivre seul, c'était aussi choisir la sécurité, l'assurance de ne pas souffrir. Pourquoi pas, après tout ?

— Tu as peut-être raison, lui concéda-t-elle.

— Vraiment ?

Il paraissait sincèrement surpris.

— Oui. Pourquoi cela a-t-il l'air de te surprendre ?

— Parce que tu es la première personne à ne pas me jeter la pierre.

Il fut un temps où elle aurait probablement désapprouvé un tel choix. Mais depuis le décès de son mari, elle avait révisé ses certitudes.

Elle se sentit soudain en confiance. Oserait-elle lui parler de ses projets ?

— Je suis en train de chercher du travail, se lança-t-elle. Enfin, pas n'importe quel travail. Je voudrais trouver quelque chose qui m'épanouisse vraiment, comme votre travail vous épanouit, mon frère et toi.

— Je croyais que tu voulais travailler sérieusement pour Xander.

Elle laissa passer quelques secondes de silence, durant lesquelles son regard se fixa sur un enfant qui jouait au ballon avec son père.

— N'en parle pas à mon frère, finit-elle par dire, mais l'immobilier, ce n'est pas pour moi.

— C'est vrai ? Tu semblais pourtant vouloir t'impliquer dans le projet du complexe hôtelier de luxe qu'il veut lancer en Italie.

— Je l'étais. Du moins, au début. Mais je crois que ce qui me séduisait vraiment, c'était l'idée de travailler aux côtés de mon grand frère.

— Qu'est-ce qui t'a fait changer d'avis ?

Elle avait bien fait de lancer la discussion sur ce sujet. Il y avait si longtemps que personne ne l'avait interrogée. Que personne ne s'intéressait à ses attentes.

— Je ne sais pas. Le fait que ce projet prendra sans doute des mois, voire des années. Je ne me sens pas capable de m'impliquer dans un même projet pendant un temps aussi long. Et puis, en ce qui me concerne, tout cela manque un peu d'humanité et de chaleur.

Elle comprit trop tard ce que ses mots pouvaient avoir de blessant pour Roberto.

— Excuse-moi. Je ne parlais que pour moi, bien sûr.

— J'avais compris, répondit-il avec tact. As-tu une idée de ce que tu veux faire ?

— Non. C'est bien là le problème. J'ai conscience que ne pas savoir ce que l'on veut faire de sa vie à vingt-neuf ans peut paraître pathétique. Il faut dire que je me suis mariée jeune et que, mon mari ayant un travail qui l'obligeait à voyager beaucoup, je me faisais un devoir de l'accompagner. Ce n'était pas un sacrifice. Je ne voyais aucun inconvénient à mettre ma vie professionnelle entre parenthèses, car nous avions projeté d'avoir un enfant. Malheureusement, la vie en a décidé autrement.

Elle s'interrompit un bref instant pour refouler l'émotion trop intense qui menaçait de déborder.

— Aujourd'hui, me voilà seule, sans enfant, sans travail et sans la moindre idée de ce que je veux faire de ma vie, conclut-elle.

Dans un geste qui se voulait sans doute réconfortant, Roberto lui prit la main et la pressa dans la sienne avec une infinie douceur.

— Je suis désolé, Stasia. C'est vrai que la vie n'a pas été tendre avec toi.

— Si tu me parlais un peu de toi, maintenant ? suggéra-t-elle d'un ton plus léger.

— De moi ? Mais que veux-tu savoir ?

— Je ne sais pas. Parle-moi de tes envies. De tes projets. De ta vie.

Il hésita quelques secondes, semblant chercher ce qu'il pourrait bien lui dire qui ne sortirait pas d'un cadre strictement confidentiel.

— J'ai parlé à mon grand-père, tout à l'heure. Il paraît qu'il a besoin de moi.

Elle ne savait pas trop quoi répondre. À voir son visage fermé, elle devina qu'il venait d'aborder un sujet sensible. Que pouvait-elle bien lui demander sans donner l'impression d'être intrusive ?

Heureusement, en reprenant la parole, Roberto la libéra de ce poids.

— Pour que tu comprennes, sache que mon grand-père ne m'a jamais rien demandé. Encore moins de l'aider. Ce sont mes grands-parents qui m'ont élevé lorsque mes parents – un couple dysfonctionnel, il faut bien le dire – m'ont abandonné. Je ne sais pas ce que je serais devenu s'ils m'avaient tourné le dos, eux aussi. Mais je crains de les avoir déçus. Je n'ai pas suivi la route toute tracée qu'ils avaient choisie pour moi et qui consistait à prendre la relève au sein de la société familiale.

— Je me suis en effet souvent demandé pourquoi tu avais fait le choix de travailler avec mon frère. Je savais juste que tu avais tes raisons.

Il ne répondit rien, se murant dans un silence qui laissait à penser qu'il souffrait de blessures encore vives.

— Il doit avoir un sérieux problème, alors, poursuivit-elle pour l'inciter à poursuivre.

Il haussa les épaules.

— Je l'ignore. Il n'est pas entré dans les détails. Il m'a

juste dit qu'il voulait que je jette un coup d'œil à un projet immobilier ainsi qu'à des rapports comptables. Peut-être y a-t-il relevé des anomalies.

— Que de mystères en perspective !

— Oui. C'est d'autant plus alarmant que mon grand-père n'a pas pour habitude de mener les gens en bateau. Au contraire, il est plutôt du genre à aller droit au but. Mais ce n'est pas très intéressant, ce que je te raconte là.

— Tout ce que tu voudras bien me confier m'intéresse, lui assura-t-elle. Pour une fois que j'ai l'occasion de me focaliser sur les problèmes de quelqu'un d'autre plutôt que sur les miens… Et puis, l'écoute, n'est-ce pas ce qu'on attend d'une amie véritable ?

— C'est vrai.

— Parfait. En tant qu'ami, tu n'oublies pas la promesse que tu m'as faite de me faire visiter Venise ?

Elle se réjouissait à l'avance de visiter l'une des villes les plus romantiques au monde, accompagnée de Roberto, son prétendu amant. Son ami.

— Je n'ai qu'une parole, répondit-il en lui pressant de nouveau la main. Tu peux compter sur moi.

Ce simple contact alluma en elle le feu d'un désir intense. Qu'avait donc cet homme de si particulier pour qu'une simple pression de sa main sur la sienne suffise à électriser son corps ?

Pourtant, au lieu de fuir, d'essayer de se soustraire à ce bouillonnement, elle chercha le regard de Roberto. Puis, lorsqu'elle l'eut trouvé, elle le soutint sans ciller. Il y avait quelque chose d'hypnotique dans le gris de ses yeux qui l'attirait vers lui comme un aimant et auquel elle n'avait pas la volonté de se dérober.

Lisait-il sur son visage le désir qui la submergeait de se perdre dans ses bras ? De retrouver le contact doux et chaud de ses lèvres sur les siennes ?

Mon Dieu, faites qu'il m'embrasse.

Malheureusement, sa prière resta vaine. Roberto lui lâcha la main et se leva.

— Je crois que j'ai assez abusé de ton temps, annonça-t-il. Je te laisse retourner à tes occupations.

Elle aurait voulu le retenir. Lui crier de rester. Lui expliquer que son avenir pouvait bien attendre tant elle était avide de vivre le présent avec lui.

Mais une fois encore, la raison l'emporta. Sans plan défini au terme de cette croisière, elle n'aurait d'autre choix que de continuer à travailler pour son frère.

Il y avait une autre raison à cet accès de sagesse. Le flot d'émotions qui la submergeait aussitôt qu'elle était en présence de Roberto était tout nouveau pour elle. Il lui était étranger, même.

Devait-elle voir dans ses signaux le fait qu'elle était en train de tomber amoureuse de Roberto ? Ou n'était-ce que l'expression d'un vide que n'importe quel homme un tant soit peu séduisant pourrait combler ?

Elle n'avait pas la réponse à ses questions mais elle était sûre d'une chose : elle devait se méfier d'elle-même.

Forte de cette certitude, elle regarda Roberto s'éloigner sans esquisser le moindre geste pour le retenir.

Jour 5

Dubrovnik, Croatie

Venise semblait encore si loin à Stasia !

Heureusement, pour tromper le temps, elle voyait Roberto tous les jours.

Ce jour-là, ils avaient déjeuné ensemble, assis face à face. Ils venaient d'achever leur repas par un café glacé pour lui et un sorbet aux fruits rouges pour elle. Aucun d'eux n'ayant exprimé l'envie de descendre à terre, ils avaient opté pour une promenade sur le pont.

Ils déambulaient au même pas, bras dessus, bras dessous, comme les vrais amis ou les faux amants qu'ils étaient, lorsqu'une voix de femme impérieuse s'éleva derrière eux.

— Roberto ?

Ils se retournèrent en même temps sur Yaya, accompagnée d'un homme qui, d'après la description que Roberto en avait faite à Stasia, devait être son grand-père. Tous deux arboraient un visage fermé qui n'augurait rien de bon.

Roberto prit sa grand-mère dans les bras pour l'étreindre tendrement.

— Yaya, dit-il. Joyeux anniversaire !

— Merci, mon chéri, répliqua celle-ci.

Elle fixa Stasia en même temps qu'elle esquissait un sourire semblant dire que, malgré les apparences, elle ne se laissait pas berner.

Stasia se sentit soudain nerveuse.

— Au fait, reprit Roberto, où en sont les préparatifs de la soirée ? Y a-t-il quelque chose que je puisse faire ?

— Oui, répondit son grand-père d'un ton tranchant, les sourcils froncés et l'air visiblement irrité. Travailler sur les dossiers que je t'ai transférés. À l'heure qu'il est, tu devrais être dans ta cabine, à les passer en revue au lieu de traînasser comme tu le fais. J'aurais bien dû me douter que…

— Je comptais m'en occuper dans l'après-midi, le coupa Roberto.

— Vraiment ? dit le vieil homme d'un ton radouci. C'est que je suis impatient d'avoir ton avis.

— Tu ne peux vraiment pas m'en dire un peu plus ? Me mettre sur la voie ?

Le vieil homme secoua la tête.

— Non. Je préfère ne pas t'influencer. Nous verrons bien si nos avis concordent.

— Comme tu voudras.

— Tu n'es pas obligé d'y passer tes journées, ajouta son grand-père, devenu subitement plus compréhensif. Tu as un peu de temps devant toi.

Stasia assistait à la scène, impuissante mais compatissante. Roberto avait à cœur de satisfaire ses grands-parents, même si cela signifiait aller à l'encontre de ses propres désirs. Mais maintenant qu'il lui avait livré un peu de son histoire, elle ne pouvait lui reprocher ce besoin presque viscéral de reconnaissance.

La famille. Cette entité si particulière que la vie ne lui avait pas permis de fonder. Maintenant que Xander était marié et qu'il avait un enfant, ce n'était plus tout à fait pareil. C'était pour cette raison qu'il était important pour elle de suivre sa propre voie et de se créer une nouvelle vie.

— Nous devons y aller, annonça Yaya avant de s'adresser directement à Stasia. J'ai été ravie de vous revoir. J'espère que nous aurons l'occasion de bavarder un peu plus ce soir, au cours de notre petite fête.

— Mais Yaya… Elle… Elle n'est pas invitée, rétorqua Roberto qui, visiblement, ne pouvait cacher son embarras.

Yaya lui tapota gentiment le bras.

— Tout est arrangé, mon chéri, assura-t-elle d'un ton sans appel. À ce soir, donc.

Sur ces mots, le couple reprit son chemin en direction des portes coulissantes qui s'ouvrirent à leur passage.

— J'avoue qu'elle m'a prise de court, lâcha Stasia la première. Je n'ai pas su quoi dire.

— Je la connais. Elle nous soupçonne de lui mentir. Mais nous n'avons pas le choix. Puisque nous sortons ensemble, tu dois m'accompagner à cette soirée.

Stasia hésita.

— À vrai dire, j'ai un peu de mal à penser à nous en tant que couple.

— Tu es libre de changer d'avis, si cela te pose un problème.

— Il n'en est pas question. Nous ferons comme nous l'avons décidé.

Même si elle regrettait un peu de s'être engagée sur une voie aussi délicate, il n'était pas question pour elle de laisser tomber Roberto.

— Oublions cette comédie, dit-il. C'était de la folie, de toute façon. Je vais aller leur dire la vérité.

Et comme, déjà, il s'éloignait, elle lui courut après pour le rattraper.

— Roberto, ne fais pas ça. Je te jure que cela ne me pose aucun problème de t'accompagner à cette soirée. En plus, les membres de ta famille que j'ai eu l'occasion de rencontrer sont vraiment charmants. Je les ai tous beaucoup appréciés. Et si cela peut te convaincre tout à fait, sache que j'adore ces grandes réunions de famille.

C'était vrai. Elle avait toujours aimé les retrouvailles aussi chaleureuses que joyeuses avec sa propre famille, où les soirées ne se terminaient jamais sans fous rires, chacun y allant d'un couplet chanté à pleins poumons ou d'une anecdote savoureuse.

— Tu en es bien certaine ?

Elle opina.

— Sûre.

Elle n'était pas allée à une fête depuis si longtemps ! Elle ressentit une pointe de culpabilité à l'idée de passer une bonne soirée. Mais devait-elle se punir toute sa vie d'être vivante ?

— En attendant, tu as entendu mon grand-père. J'ai du pain sur la planche. J'ai comme l'impression que je ne vais pas tarder à l'entendre frapper à la porte de ma cabine.

— Bonne chance, alors.

— Merci. Je crois que je vais en avoir besoin.

Elle aussi avait à faire. Mais au lieu de rejoindre sa cabine à son tour, elle resta immobile un long moment, à suivre des yeux Roberto, jusqu'à le voir disparaître à l'intérieur du bateau.

Ce soir-là, lorsqu'il était passé chercher Stasia, il n'y avait pas eu de problème de fermeture Éclair.

Dommage.

Roberto aurait bien saisi une nouvelle occasion d'embrasser Stasia.

Quoique… À bien y réfléchir, mieux valait que cette occasion ne lui ait pas été donnée. Il attendit que Stasia ait fini de discuter avec Gaia pour lui chuchoter à l'oreille :

— C'est bon, cette fois ? Nous pouvons y aller ?

Elle le fixa d'un air perplexe.

— C'est la deuxième fois que tu me poses la question depuis que nous sommes arrivés, rétorqua-t-elle. Quelque chose ne va pas ?

Il haussa les épaules, dans un geste visant à traduire une désinvolture qu'il était loin de ressentir. Mais comment expliquer à Stasia que la comédie qu'ils jouaient à sa famille le gênait ?

— Non, répondit-il. Simplement, je voudrais avancer sur les dossiers que m'a transmis mon grand-père.

Même si le moment n'était pas vraiment propice, il ne mentait pas. Il avait bien l'intention de vérifier ce dossier une nouvelle fois avant le lendemain.

— Je vois bien qu'il n'y a pas que ça, insista-t-elle. Tu sembles mal à l'aise. Tu regrettes de m'avoir emmenée ?

— Non, non, pas du tout.

Il regarda autour de lui pour s'assurer que personne ne pouvait l'entendre avant de préciser :

— C'est même toi qui me rends cette soirée supportable.

Elle continuait à le fixer d'un regard sceptique.

— Je ne comprends pas. C'est ta famille. Tu devrais être heureux d'être ici, avec eux.

— Cela peut paraître étonnant, en effet, mais je n'arrive pas à participer à la liesse générale.

— C'est dommage, répliqua-t-elle d'un ton plein de sollicitude.

Ou de pitié ? Tout ce qu'il détestait !

— Oublie ce que je viens de dire, s'empressa-t-il de rétorquer.

— C'est difficile. Si tu me parlais, plutôt ?

Il estimait lui en avoir déjà beaucoup dit. Mais quelque chose en elle inspirait la confiance et lui donnait envie d'aller plus loin dans les confidences. Pour une fois qu'il avait affaire à une femme à l'écoute, qui se souciait de ses problèmes, il n'allait pas laisser passer cette chance de se libérer d'un poids qui lui pesait sur les épaules depuis longtemps.

Il s'éclaircit la gorge et se lança :

— Tu as remarqué que les grands absents à cette soirée sont mes parents. Et pour cause ! poursuivit-il comme elle opinait en silence. Ainsi que je te l'ai déjà dit, ils m'ont abandonné alors que je n'étais encore qu'un enfant. Je me suis longtemps demandé ce que j'avais pu faire de mal pour qu'ils ne veuillent plus de moi. J'étais le seul dans cette famille aux innombrables ramifications à ne pas avoir de parents. J'ai longtemps ressenti cet abandon comme une anomalie chez moi qui me rendait différent des autres enfants. J'avais l'impression d'être un peu un extraterrestre. J'ai alors trouvé refuge dans la lecture puis, plus tard, dans les études. Cela me permettait aussi d'échapper à mes obligations familiales.

Dans un élan de compassion, elle lui prit une main qu'elle pressa doucement. Ce geste d'une bienveillance absolue lui fit l'effet d'un baume lénifiant sur le cœur.

— Je suis tellement désolée pour toi, murmura-t-elle.

— Ne le sois pas. Avec le temps, les blessures se sont atténuées.

Mais pas vraiment refermées. Et c'était bien cette crainte de l'abandon, latente chez lui, qui l'empêchait de s'impliquer totalement dans une relation amoureuse. N'avoir aucune attache sentimentale était pour lui l'assurance de ne pas souffrir.

— Tes parents sont toujours en vie ?

— Oui, mais ils ne se manifestent que rarement. Comme tu peux le constater, mon père ne juge pas utile de se déplacer pour assister à l'anniversaire de sa propre mère.

— Tes grands-parents, en tout cas, ont l'air très heureux que tu sois là. Et Gaia aussi. Pour eux, tu pourrais essayer de donner l'impression de passer un bon moment.

Il ressentit une pointe de culpabilité. Stasia avait raison. Il allait faire un effort. Malgré les apparences, ses grands-parents n'étaient plus tout jeunes. Ils méritaient qu'il leur manifeste un peu plus d'attention.

— M'accorderais-tu cette danse ? demanda-t-il pour couper court à la discussion.

— Volontiers.

— Je tiens quand même à te prévenir. Je suis un piètre danseur.

— Je suis certaine que tu t'en sortiras très bien.

Hélas ! Il n'avait pas son optimisme. Il connaissait ses limites. Il devrait même s'estimer heureux s'il ne se ridiculisait pas devant toute sa famille en lui marchant sur les pieds à chaque pas !

À son grand soulagement, la musique passa à un rythme plus lent. Un bon vieux slow. Tout le monde savait danser ça, même lui.

Et puis Stasia fut devant lui. Si belle. Si proche.

Les battements de son cœur redoublèrent tandis qu'il enlaçait sa taille fine et l'attirait tout contre lui. Il enroula une main autour de ses doigts fins et délicats, savourant le contact de ses courbes harmonieuses contre son corps musculeux.

Elle exhalait un parfum fleuri qui le grisait un peu. Souvenirs douloureux, stress, culpabilité… Tout disparut comme par enchantement pour céder la place à une plénitude totale. Il ne pensait plus qu'au bonheur de se mouvoir en parfaite osmose avec Stasia.

La musique s'arrêta d'un coup, bien trop tôt à son goût. Il aurait pu évoluer ainsi pendant des heures sur la piste de danse, avec elle serrée contre lui. Aussi ressentit-il un mélange de frustration et de déception lorsqu'elle se dégagea de son étreinte.

Main dans la main, ils rejoignirent la table centrale que Yaya présidait sans se départir du sourire rayonnant qu'elle arborait depuis le début de la soirée. Roberto la trouva belle. Pétillante comme elle l'était, elle faisait bien dix ans de moins que son âge.

L'ambiance était joyeuse et festive. Le champagne coulait à flots. Il se sentait bien.

— Vous formiez un très joli couple sur la piste de danse, commenta Gaia.

— Vraiment ? Je n'étais pas trop ridicule ? Parce que la danse et moi… J'avais l'impression d'avoir deux pieds gauches.

— Ne sois pas si modeste, le défendit Stasia. Tu es un très bon cavalier.

— En tout cas, on voit que vous êtes follement épris l'un de l'autre, insista Gaia. Qui sait si vous ne serez pas les prochains à vous marier ?

Stasia chercha la main de Roberto sous la table et la serra un peu trop fort. La remarque de Gaia l'avait rendue nerveuse. Il y avait de quoi. Car s'ils pouvaient duper Gaia, il n'en allait pas de même avec Yaya qui les épinglait sans pitié d'un regard tellement inquisiteur qu'il rendait Roberto muet.

La soirée était bien avancée lorsqu'ils quittèrent la salle, main dans la main, pour rejoindre leur cabine, comme le ferait un couple amoureux. Roberto se surprit à aimer l'idée d'être lié à quelqu'un, de manière physique tout autant que psychique.

Même si leur relation n'était qu'un leurre, il se plaisait à la vivre avec Stasia. Car ce lien, fondé sur une confiance aussi réciproque qu'absolue, il ne l'avait jamais vécu jusque-là avec aucune autre femme.

Il avait beau chercher à se persuader qu'il ne s'agissait entre eux que d'une amitié naissante, il savait au plus profond de lui qu'il y avait autre chose.

Il découvrait en Stasia une femme qu'il ne connaissait pas et qui se révélait à la fois joyeuse, drôle, pleine de vie et capable, une fois la confiance instaurée, de se montrer chaleureuse, comme elle le lui avait prouvé tout au long de la soirée. Une femme bien différente de celle, distante et réservée, qu'il n'avait fait que croiser au cours de ces dernières années.

Mais très vite la réalité le rattrapa.

Il ne finirait pas comme ses parents qui restaient ensemble alors qu'ils ne supportaient pas de se trouver dans la même pièce plus de cinq minutes. Il s'y refusait farouchement.

D'un autre côté… Il avait l'exemple de ses grands-parents

qui avaient surmonté ensemble tous les obstacles de la vie et qui, après cinquante ans de vie commune, s'aimaient encore comme au premier jour.

Sans doute devaient-ils cette réussite au fait qu'ils étaient d'une génération où on ne se quittait pas, où le bonheur et l'épanouissement personnels ne comptaient pas. On faisait le chemin ensemble jusqu'à la fin, bon gré, mal gré. Qu'on soit heureux ou malheureux.

Lui, ce n'était pas d'une vie pareille qu'il voulait.

Faire le choix de rester célibataire, c'était épargner de souffrir, mais c'était aussi tout mettre en œuvre pour ne pas décevoir l'autre. Il n'y avait plus à y réfléchir. Il resterait seul.

Jour 6

Split, Croatie

Allongée sur son lit, Stasia relut le même paragraphe pour la troisième fois. Elle avait beau faire, elle ne parvenait pas à se concentrer. Elle était distraite dans sa lecture par des pensées qui allaient et venaient, toujours centrées sur Roberto.

Que faisait-il ? Regrettait-il leur petit arrangement qui lui imposait de composer avec sa famille ?

Elle exhala un profond soupir, puis referma son livre.

Vu le peu qu'elle avait lu, elle aurait mieux fait d'aller à terre pour visiter Split que les brochures vantaient comme une ville dotée de monuments magnifiques. À vrai dire, elle avait été à deux doigts de se laisser tenter, mais la raison l'avait emporté. Elle s'était fixé un objectif et entendait bien l'avoir atteint lorsque cette croisière serait achevée.

Tout à ses pensées, elle baissa les yeux sur la couverture de son livre. Un ouvrage de développement personnel ayant pour thème l'aptitude au bonheur que chacun porte en soi. À en croire les frustrations qui la tenaillaient sans cesse, la sienne était sérieusement écornée.

Pourtant, elle avait un travail, une vie sociale, des amis avec qui déjeuner ou dîner, des activités qu'elle pratiquait assidûment, comme le tricot qu'elle avait commencé depuis peu et la cuisine à laquelle elle s'adonnait régulièrement, cherchant toujours à se perfectionner. Elle avait aussi une nièce qu'elle adorait et qu'elle pouvait passer voir chaque fois qu'elle en avait envie. L'argent n'était pas un problème. Elle en avait assez pour assouvir ses désirs.

Dans l'ensemble, elle avait largement de quoi occuper ses journées.

Mais le problème était ailleurs. Il résidait dans le fait qu'elle voulait faire ses preuves, se prouver qu'elle était capable de faire quelque chose de sa vie qui ne soit pas aussi futile que de dépenser de l'argent – qu'elle n'avait pas gagné elle-même – ou de sortir avec des amis.

Et puis, il y avait Xander. Son frère qui ne voulait que son bonheur et qui, pour cela et pensant bien faire, n'avait pas hésité à lui fournir un travail et à l'impliquer dans ses affaires immobilières.

Elle poussa un nouveau soupir, puis posa son livre sur la table de chevet. Elle lirait à un autre moment.

Elle se leva, ayant besoin de prendre l'air. Une fois dehors, elle y verrait plus clair. Car, pour l'heure, le bilan était catastrophique. Cette croisière ne se déroulait pas du tout comme prévu. À ce stade, elle aurait dû savoir dans quelle voie se diriger, avoir dressé une liste d'employeurs éventuels à contacter et peaufiné le CV à joindre à sa candidature.

Au lieu de ça, elle perdait son temps. Elle jouait la comédie du couple amoureux avec Roberto Carrass. Roberto, le tombeur de ces dames. Quelle ironie ! Si Xander savait ça ! Il en serait malade, le pauvre.

Elle esquissa un sourire amusé en imaginant son frère écumer de rage alors que cette relation n'existait même pas. Il faut dire que Xander ne supportait pas que les choses ne se déroulent pas comme il l'avait décidé. Comme lorsque Lea lui avait annoncé une grossesse qu'ils n'avaient pas programmée. Au début, il l'avait mal pris. Cette nouvelle chamboulait le cours de sa petite vie bien organisée. Mais très vite, une fois le choc de la surprise surmonté, il s'était fait à l'idée de devenir père. Aujourd'hui, il était le meilleur des papas et, pour rien au monde, il ne serait revenu en arrière.

Peut-être était-ce ce dont elle avait besoin ? Pas d'une grossesse surprise. Évidemment non. Mais d'un événement qui surviendrait dans sa routine. Quelque chose qui bousculerait ses habitudes et agirait sur elle un peu comme un électrochoc. Quelque chose qui lui indiquerait la voie à suivre comme une évidence.

Pour l'heure, tout cela lui paraissait bien aléatoire, songeait-elle alors qu'elle flânait, nez au vent, sur le pont principal.

— Qu'est-ce que…

La voix familière de Roberto la tira brusquement de ses pensées. Elle s'arrêta de marcher pour le chercher des yeux. Elle le trouva assis à une table voisine, son ordinateur portable ouvert devant lui.

Elle salua intérieurement le hasard qui faisait si bien les choses en les mettant sans cesse en présence, alors que ce paquebot était immense. Pour un peu, elle aurait cru aux signes du destin.

Mais qu'allait-elle s'imaginer là ? Ni Roberto ni elle n'avaient en tête de commencer une histoire qui ne pourrait que se terminer en même temps que cette croisière. Déjà que Roberto semblait peu enthousiaste de devoir apparaître auprès de sa famille, flanqué de sa fausse fiancée !

— Salut, Roberto, l'interpella-t-elle d'un ton qu'elle voulait léger. Qu'est-ce que tu fais là ?

— Je travaille sur les dossiers de mon grand-père.

— Dans ce cas, je te laisse.

Elle pivotait pour reprendre son chemin lorsqu'il l'arrêta d'un : « Ne pars pas » qui la fit s'immobiliser.

— Je ne veux pas te déranger.

— Tu ne me déranges pas. De toute façon, je commençais à en avoir assez de tous ces chiffres. Une petite pause me fera le plus grand bien.

Visiblement, elle n'était pas la seule à avoir du mal à se concentrer. Si elle ne pouvait pas avancer dans son propre travail, peut-être pourrait-elle l'aider à progresser dans le sien. Elle aurait une distance qu'il n'avait pas, ou plus.

Elle s'assit donc à côté de lui.

— Sur quoi travailles-tu ?

— Des feuilles de calcul, des notes de frais, des bilans comptables, énuméra-t-il d'un ton morne.

Rien de folichon mais qui devait cacher un problème essentiel pour que deux hommes prennent la peine de se pencher dessus.

— Tu as trouvé quelque chose d'anormal ?

— Non. Et c'est bien là le problème. Je pensais trouver une anomalie, quelque chose qui m'aurait sauté aux yeux. Or tout semble parfaitement normal.

Il marqua une pause pour mieux s'adosser contre son siège puis reprit :

— Sauf que mon grand-père m'a assuré que quelque chose clochait, sans me dire de quoi il s'agissait, pour ne pas influencer mon jugement apparemment. Moi, j'ai plutôt l'impression que c'est peine perdue.

— Je ne connais pas ton grand-père mais il ne semble pas homme à faire perdre son temps à quelqu'un s'il juge que ça n'en vaut pas la peine, argua-t-elle. Je ne le pense pas non plus capable de te faire chercher pour rien, juste pour que tu aies la preuve que sa société se porte bien. Il est bien trop direct pour ça.

Il se passa une main dans les cheveux, manifestement peu convaincu.

— Dans ce cas, je ne comprends pas. À première vue, tous ces chiffres sont justes.

— Eh bien, peut-être faut-il creuser plus loin ?

Il la considéra un bref instant.

— Bien vu, finit-il par admettre. C'est vrai que je n'ai passé en revue que le rapport consolidé, mais il serait peut-être judicieux de fouiller dans les documents archivés. J'y trouverai sans doute le petit détail qui fera tout basculer. L'information manquante. Le problème, c'est que tout passer au crible va me prendre un temps fou. J'ai bien peur de ne pas avoir assez de ces quelques jours de vacances.

— Tu en parles comme si trouver te tenait vraiment à cœur, constata-t-elle. Regretterais-tu de ne plus faire partie de la société familiale ?

Il balaya sa question d'un haussement d'épaules.

— Il faut que je m'y remette.

— Veux-tu de l'aide ? se hasarda-t-elle à proposer.

Il accueillit son offre d'un haussement de sourcil sceptique.

— La tâche est rebutante. Je ne voudrais pas te gâcher tes vacances.

— Mais je veux t'aider. À deux, nous multiplierons les chances de trouver ce que ton grand-père a déjà remarqué tout seul. À moins, bien sûr, que ces dossiers soient confidentiels, ajouta-t-elle après avoir compris qu'elle se montrait un peu trop insistante.

Il secoua la tête.

— Enfin, si, ils sont confidentiels, mais ce n'est pas le problème. J'ai confiance en toi. C'est plutôt que je déteste l'idée de te charger d'une chose aussi ennuyeuse que de passer en revue des colonnes de chiffres.

— Tu ne me forces pas, objecta-t-elle. C'est moi qui te l'ai proposé.

— Dans ce cas, j'accepte. Merci. Je ne sais pas ce que je ferais sans toi.

Ces paroles, prononcées dans un élan de sincérité qui ne trompait pas, lui allèrent droit au cœur.

— Attends-moi, lui lança-t-elle en se levant. Je vais chercher mon ordinateur. Ce serait dommage de s'enfermer par un si beau temps.

Elle n'avait aucune idée de la tâche qui l'attendait, mais elle aimait l'idée de pouvoir rendre service à Roberto, de lui être utile. On a tous besoin de quelqu'un à un moment ou à un autre de sa vie. Et il y avait très longtemps qu'elle n'était plus utile à personne.

Roberto connaissait à présent avec certitude l'origine de son problème.

C'était Stasia.

Il était bon en affaires. Interpréter des fiches comptables n'avait aucun secret pour lui ; quant aux chiffres, il jonglait avec depuis sa plus tendre enfance. Pourtant, malgré ses nombreuses compétences, il n'arrivait pas aux mêmes conclusions que son grand-père.

Car chaque fois qu'il épluchait les comptes plus de deux minutes, son regard glissait de ses dossiers à la beauté brune qui se tenait face à lui et qu'il faisait passer pour sa fiancée.

Le problème, et il était de taille, c'était qu'il appréciait de plus en plus le temps qu'ils passaient ensemble. La curiosité le poussait même à se demander ce qu'il ressentirait s'ils étaient vraiment fiancés.

Cette pensée le troublait à l'extrême car elle faisait vaciller ses certitudes. Que voulait-il vraiment ? Car Stasia n'avait rien en commun avec les femmes qu'il avait l'habitude de fréquenter. Ces dernières étaient averties dès le départ qu'elles ne devaient rien attendre de lui. Elles couchaient donc avec lui en toute connaissance de cause.

Amour…

Aimer…

Il butait sur ces mots qu'il était incapable de prononcer. À qui la faute ? À lui ou à ses parents qui lui en avaient donné une image déplorable pour en avoir usé et abusé sans en connaître le sens véritable ?

Ses parents l'aimaient – ou du moins le lui avaient-ils parfois assuré – comme on aimait un objet ou un animal dont on pouvait se lasser. Sans doute disaient-ils qu'ils l'aimaient pour se faire pardonner, comme si le simple fait de le formuler pouvait suffire à rattraper leur désertion.

Et puis un jour, ils l'avaient abandonné. Vraiment. Sans se retourner. Sans remords. Si c'était cela, aimer, il préférait rester à l'écart.

— Tu as trouvé quelque chose ?

La voix mélodieuse de Stasia interrompit brusquement le fil de ses pensées.

Il secoua la tête.

— Moi, j'ai remarqué un détail, mais je ne sais pas s'il peut t'être utile. C'est probablement insignifiant.

Intrigué, il contourna la table et vint s'asseoir à côté d'elle.

— Laisse-moi voir.

— C'est là.

Elle pointa un nombre sur l'écran.

— On dirait qu'il a été interverti avec un autre.

Elle avait devant elle deux fenêtres : l'une était le rapport consolidé ; l'autre, une sauvegarde de renseignements. Le premier était censé exploiter les éléments du second. Son grand-père n'avait peut-être pas les liens automatisés. Ce que Roberto trouva curieux car, normalement, tous ces dossiers étaient sous étroite surveillance.

Il passa en revue les nombres suivants qui, eux, correspondaient à ceux figurant sur le document original. Peut-être s'agissait-il d'une faute de frappe. Peut-être pas.

— Pourrais-tu isoler cette anomalie et noter l'endroit où elle apparaît, s'il te plaît ?

— Tu crois que nous tenons quelque chose ? s'enquit-elle, pleine d'espoir.

— Je ne peux pas l'affirmer avec certitude mais il y a un élément qui cloche. Cela vaut le coup de vérifier.

— Tu crois vraiment que c'est ce que ton grand-père a relevé ? Une erreur de neuf dollars ?

Non. Ce serait aux comptables de justifier cette anomalie. Mais elle devait probablement cacher un autre élément beaucoup plus important.

— Je pense que nous sommes encore passés à côté de quelque chose.

— Alors je m'y remets tout de suite.

Il appréciait cette volonté qu'elle avait de l'aider, de l'écouter avec intérêt, d'être présente sans poser de questions inutiles. Travailler avec elle se révélait très agréable.

Une idée lui traversa l'esprit : et s'il lui proposait de rejoindre son équipe ? L'avoir tous les jours à ses côtés le délivrerait du vide abyssal qu'il éprouvait à l'idée que, une fois cette croisière achevée, chacun reprendrait sa route.

Qu'en dirait Xander ? Serait-il soulagé de savoir sa sœur entre de bonnes mains ? Saurait-il voir en lui celui qui la protégerait d'hommes mal intentionnés ou, au contraire, verrait-il le diable ?

Plus il y pensait, plus cette idée faisait son chemin et le séduisait. Voir en Stasia une simple collègue de travail le libérerait peut-être de l'envie brûlante qu'il avait sans cesse de l'attirer à lui pour la couvrir de baisers ardents.

Oui, décidément, cette idée n'était pas si bête.

— Oh ! non.

La voix de Stasia était pleine de regrets.

— Qu'y a-t-il ? Tu as trouvé autre chose ?

Elle secoua la tête.

— Non. Ce n'est pas ça. C'est un travail de longue haleine et je dois arrêter pour aller me préparer. J'ai rendez-vous avec ta cousine et son fiancé pour dîner.

— Va. Tu m'as déjà fait gagner beaucoup de temps.

— C'est vrai ? Tu le penses vraiment ?

— Absolument, même s'il y a encore beaucoup à faire. Je comprends mieux maintenant pourquoi mon grand-père m'a donné jusqu'à la fin de cette croisière pour trouver quelque chose.

— Ce n'est pas si long pourtant, objecta-t-elle, navrée.

— Ne t'inquiète pas. Ça ira.

— S'il te demande où en sont tes recherches, que

vas-tu lui répondre ? Tu vas lui parler de l'erreur que nous avons trouvée ?

— Je lui en dirai assez pour qu'il sache que nous sommes sur la bonne voie.

— Tu ne devrais pas mentionner mon nom. C'est à toi, et à toi seul, qu'il a demandé d'effectuer ces recherches. Il pourrait voir d'un mauvais œil que j'aie accès à des documents confidentiels.

— Tu as raison, admit-il avant de la regarder rassembler ses affaires puis se diriger vers les portes coulissantes pour disparaître à l'intérieur du bateau, hors de sa vue.

Comme chaque fois qu'elle s'éloignait de lui, il se sentit désemparé. Seul.

La perspective de lui proposer un poste à ses côtés le rasséréna un peu. Mais encore fallait-il qu'elle accepte, que cette proposition réponde à ses attentes ou à l'idée qu'elle se faisait de son avenir professionnel.

Elle n'avait pas besoin de travailler. Il savait par Xander que Lukos avait fait ce qu'il fallait pour la mettre à l'abri. Mais il comprenait qu'elle ait besoin d'avoir un but dans la vie. Une bonne raison de se lever le matin.

Il n'était pas homme à précipiter les choses. Aussi prendrait-il le temps de peser le pour et le contre, de bien considérer le problème sous tous les angles. Prendre des décisions dans l'urgence pourrait le conduire à l'erreur. Une erreur qui, par ricochet, risquerait de nuire à Stasia. Et cela, il n'en était pas question.

Fort de cette bonne résolution, il se remit à scruter les chiffres. En pointant une anomalie, Stasia avait piqué sa curiosité et il se faisait fort de découvrir ce qui pouvait en découler.

— Roberto !

Il se tourna vers sa grand-mère qui approchait d'un pas vif.

— Je te cherchais partout, dit-elle d'un ton à la fois grave et impatient.

Il se retint in extremis de rétorquer qu'elle aurait pu le joindre par téléphone.

— Eh bien, maintenant que tu m'as trouvé, qu'as-tu de si urgent à me dire ?

— Tu veux bien me raccompagner jusqu'à ma cabine, s'il te plaît ?

Il hésita à accepter. S'interrompre dans sa tâche allait retarder d'autant le moment où il trouverait la solution du problème.

Yaya trancha pour lui.

— Ce que j'ai à te dire ne peut attendre.

Le caractère urgent de la chose l'alarma en même temps qu'il l'intriguait. Il se saisit de son ordinateur et emboîta le pas à sa grand-mère qui se lança alors dans un bavardage futile, sans doute destiné à le rassurer. Qu'avait-elle donc de si capital à lui révéler ?

Si la conversation touchait à Stasia, il se ferait fort de l'arrêter sur-le-champ. Quoique… Plus facile à dire qu'à faire. Il aimait sa grand-mère d'un amour sincère et profond et, devant elle, se sentait comme un petit enfant incapable de se rebeller. Dire qu'il était capable de tenir tête à des milliardaires toujours accompagnés de ténors du barreau !

Arrivé devant la cabine de Yaya, il prit une profonde inspiration pour se donner le courage qui lui faisait défaut. Voilà. Il se sentait prêt à se lancer dans la bataille.

— Entre, lui intima Yaya après avoir ouvert la porte. Ne traînons pas dans les couloirs.

Il obéit docilement puis referma la porte derrière eux.

La suite de ses grands-parents comptait parmi les plus luxueuses du paquebot. Yaya alla s'asseoir à la table de la salle à manger où avait été disposé un plateau en argent chargé d'une théière et d'une assiette de biscuits.

— En veux-tu ? demanda-t-elle en remplissant sa tasse.

Il secoua la tête, impatient d'aller droit au but.

— Yaya, peux-tu me dire ce que tu as de si important à me communiquer ?

Au lieu de lui répondre, elle lui servit d'autorité une tasse de thé, puis elle lui fit signe de prendre le siège qui lui faisait face.

— Toi et moi devons parler, mon chéri, commença-t-elle.

Il n'était pas un grand amateur de thé mais, vu les circonstances, il était heureux d'avoir quelque chose entre les mains pour se donner une contenance. Il versa un nuage de lait dans le liquide ambré, puis attendit tranquillement la suite.

— Tu sais que je ne me laisse pas facilement berner, poursuivit sa grand-mère en se renfonçant dans son siège.

Elle accompagna ses paroles d'un regard pénétrant qu'il soutint sans ciller.

— Je sais donc que, même si tu y as mis de la bonne volonté et parfois même de la bonne humeur, tu ne supportais pas ce défilé de jeunes femmes que j'ai incitées à participer à cette croisière en vue de te les présenter.

Le moment était venu de mettre les choses au clair. Et ce, de manière définitive.

— Tu n'aurais jamais dû faire cela, Yaya, déclara-t-il d'un ton qu'il voulait ferme. Lorsque je déciderai de me ranger – si, toutefois, je le décide un jour –, ce sera à moi de choisir la femme qu'il me faut.

Yaya afficha un sourire victorieux.

— Ainsi donc, tu avoues que tu ne fréquentes pas sérieusement Stasia Marinakos ?

Que répondre à cela ? Lui-même ne savait plus trop où il en était. Car si ce qu'il ressentait pour Stasia dépassait le stade de la franche amitié, il préférait ne pas mettre de mot sur ce sentiment naissant.

— Qu'est-ce qui te fait dire cela ? rétorqua-t-il, faute de mieux.

— Voilà des années que tu clames haut et fort assumer

parfaitement ton statut de célibataire endurci. Dans ces conditions, pourquoi veux-tu que je te croie lorsque tu affirmes être tombé soudainement amoureux ? Admets que c'est difficile à avaler.

— Comme tu viens très justement de le souligner, cette rencontre a été soudaine. Je ne m'y attendais pas du tout. D'autant moins que je connais Stasia depuis des années et que je n'avais jamais envisagé de la fréquenter de manière plus… intime.

Yaya écarquilla les yeux, ne cherchant pas à cacher son étonnement.

— Vraiment ? Tu veux dire que tu la connais depuis longtemps et qu'il ne s'était jamais rien passé entre vous ?

— Absolument. Je ne t'en dirai pas plus, mais sache que je ne romprai pas avec elle, même si tu l'exigeais de moi.

Il s'étonnait lui-même de la fermeté avec laquelle il s'était exprimé, mais aussi de la sincérité de ses paroles. Il n'avait pas envie que sa relation, même platonique, avec Stasia prenne fin. Cette idée lui était insupportable.

— Tu es en train de me dire que c'est vraiment sérieux entre cette jeune femme et toi ? insista Yaya en gardant son regard inquisiteur posé sur lui.

Il opina en silence.

« Sérieux ». Quel sens donner à ce mot ?

— Dans ce cas, j'ai quelque chose pour toi, poursuivit-elle.

Elle farfouilla dans son sac à main et en sortit un petit écrin en velours qu'elle posa sur la table et fit glisser vers lui.

Il n'osait esquisser le moindre geste, pressentant, s'il le faisait, une menace imminente.

— Eh bien, vas-y ! le pressa Yaya. Ouvre-le. Il ne va pas te mordre.

Le mordre, non. Le mettre dans le pétrin, certainement. Il n'avait pas besoin de l'ouvrir pour savoir ce que renfermait cet écrin. Yaya était machiavélique. En lui offrant cette bague de fiançailles, elle le mettait au pied du mur, sans autre choix pour lui que de l'offrir à son tour à Stasia.

Irait-il jusque-là ?

Le cerveau en ébullition, il tendit la main vers l'écrin et l'ouvrit. Sur un lit de satin rouge reposait un anneau en or blanc surmonté d'un diamant étincelant de mille feux qu'il se surprit à imaginer au doigt de Stasia.

Voilà. Les ennuis commençaient.

Il regarda fixement la bague, incapable de proférer le moindre mot. Devant l'ampleur du désastre, son cerveau ne parvenait pas à lui commander de parler. De dire quelque chose, même n'importe quoi.

— Elle appartenait à ton arrière-grand-mère, autrement dit ma mère, précisa Yaya. Je l'ai gardée précieusement pour une occasion comme celle-là. C'est à toi que je veux la donner, pour que tu l'offres à celle que tu chériras toute ta vie.

Elle s'interrompit d'un coup pour consulter l'heure à la montre-bracelet que Roberto lui avait toujours vue au poignet.

— Déjà ! Il faut que je te laisse. Je dois aller retrouver ton grand-père.

Sur ces mots, elle s'esquiva, le laissant une nouvelle fois seul et désemparé.

S'il était touché par le geste de Yaya, il était furieux que, encore et toujours, elle décide pour lui de ce qu'il avait à faire. Ce bateau grouillait de prétendantes qu'elle avait choisies selon ses propres goûts et ses propres critères, sans tenir compte des attentes de son petit-fils.

Il y avait aussi son grand-père qui l'avait chargé d'un problème à résoudre. Y avait-il seulement un problème ou le vieil homme cherchait-il, par ce biais, à lui faire regretter sa désertion et à l'attirer de nouveau au sein de la société familiale ?

Il eut soudain la désagréable impression d'être victime d'une conjuration. Cette idée le révolta. Son entourage cherchait à le manipuler ? Très bien. Ils n'allaient pas être déçus !

Il fourra l'écrin dans sa poche et quitta la cabine, porté par la colère.

Jour 7

Venise, Italie

Pourquoi avait-il travaillé aussi tard ?

Roberto se leva d'un bond de son lit tout en se maudissant. Ce n'était pas le moment d'être en retard !

Il fila prendre une douche froide, puis avala à la hâte deux cafés serrés qu'il jugeait indispensables s'il voulait se présenter à Stasia, les idées claires.

Il avait deux bonnes raisons d'être fébrile. D'abord, le bateau venait d'accoster à Venise ; ensuite, c'était l'anniversaire de Stasia et il voulait qu'elle garde un souvenir inoubliable de cette journée. Il avait tant à cœur de la voir heureuse !

Il avait émis l'idée de célébrer ce jour spécial en grande pompe, mais Stasia s'y était fermement opposée. Il avait donc longuement réfléchi afin de lui concocter un programme digne d'un tel événement.

Lorsqu'ils arrivèrent sur le pont, ils découvrirent qu'ils n'étaient pas les seuls à débarquer. Loin de là, même. Le bateau déversait à quai des flots de passagers, aussi impatients qu'eux de visiter cette ville si emblématique du romantisme.

Il coula à Stasia un regard en biais. Son visage irradiait d'une joie contenue.

— Où allons-nous ? demanda-t-elle sans pouvoir cacher son impatience.

En guise de réponse, il la prit par la main et l'entraîna dans la direction opposée à celle que prenait la foule.

— Roberto ?

Elle dégagea sa main et alla se planter devant lui, bras croisés, immobile, telle une enfant têtue.

— Je ne ferai pas un pas de plus tant que tu ne m'auras pas répondu.

— À toi de voir, répondit-il avec un sourire indulgent. Préfères-tu un circuit guidé classique ou le programme spécial que je t'ai réservé ?

La spontanéité avec laquelle elle parla lui répondit déjà.

— Sans aucune hésitation, je choisis la seconde option. Je suis tellement excitée d'être ici, Roberto !

Si lui n'en était pas à sa première visite, c'était en revanche la première fois qu'il s'apprêtait à partager ses émotions avec quelqu'un. Et l'idée le séduisait plutôt.

— Je ne peux que te féliciter de ton choix. Crois-moi, tu vas vivre une journée exceptionnelle, dont tu te souviendras longtemps.

— Tu n'es pas obligé, Roberto.

Que voulait-elle dire par là ? Devait-il comprendre que, puisqu'elle ne voyait en lui qu'un ami, il n'avait pas à se donner tant de mal ?

Il chassa ces pensées sinistres de son esprit. Le moment n'était pas à l'introspection.

— Détends-toi, lui conseilla-t-il avec une désinvolture qu'il était loin de ressentir. Et dis-toi que nous sommes juste deux amis qui vont passer ensemble une merveilleuse journée. Rien de plus. Pour l'heure, dépêchons-nous ou nous allons rater le vaporetto.

— Qu'est-ce que c'est ?

— Un taxi flottant.

— Oh…

Là encore, ils n'étaient pas seuls. Une foule compacte

attendait d'embarquer, mais Roberto fut assez rapide pour leur dégotter deux bonnes places à l'avant, d'où ils auraient une vue panoramique sur le canal et les merveilleux palais qui le jalonnaient.

Lorsqu'ils furent assis dans des sièges si étroits qu'ils en étaient serrés l'un contre l'autre, une onde de désir le parcourut.

Soucieux d'échapper à ce désir qu'il était bien incapable de contrôler, il chercha à mettre un peu d'écart entre eux mais, en bougeant, ne fit que se plaquer un peu plus contre elle.

— Ça va ? demanda-t-elle.

— Parfaitement, mentit-il.

— Je peux me lever si tu manques de place, proposa-t-elle gentiment.

Comme elle esquissait le geste de quitter son siège, il la retint par la main.

— S'il te plaît, reste assise.

Sa main douce et chaude dans la sienne lui procura un sentiment de bien-être infini qu'il aurait voulu voir s'éterniser. Rester amis n'allait pas s'avérer aussi simple.

Sans se douter du trouble qui brouillait l'esprit de Roberto, Stasia prenait photo sur photo, s'extasiant sur tout, les yeux pétillant d'une joie enfantine. Plus elle exprimait sa joie d'être là, plus il se détendait. Il commençait à vraiment profiter de l'instant présent lorsqu'elle se retourna vers lui et le photographia par surprise.

— J'espère que ça ne te dérange pas, dit-elle. Je n'ai pas pu résister. Tu as si peu l'occasion de sourire dans ta vie professionnelle. Cette croisière me permet de connaître une nouvelle facette de toi : celle d'un homme plus décontracté, d'humeur plus légère.

— Cette facette te plaît-elle ?

— Je l'adore, répondit-elle en accrochant son regard plus longtemps que nécessaire.

— Dans ce cas, je vais m'appliquer à être plus souvent détendu.

— Et n'oublie pas de garder ton sourire, ajouta-t-elle. Il te va si bien !

Ces mots tout simples eurent sur lui un effet inattendu. Il sentit une douce chaleur l'envahir, qui fit vaciller ses certitudes. Décidément, Stasia avait le don de lui faire baisser la garde.

Cette pensée, au lieu de le contrarier, le fit sourire plus largement.

La journée se poursuivit dans une complicité qui l'enchantait. Ils descendirent au pont du Rialto, l'un des plus anciens qui enjambaient le Grand Canal, puis ils déambulèrent jusqu'à la place Saint-Marc où ils s'amusèrent à grimper tout en haut du campanile. De là, ils avaient une vue époustouflante sur la place et, au-delà, sur le canal, mais ce qui saisit le plus Roberto, c'était le visage émerveillé de Stasia. Un visage d'enfant qui découvrait le monde.

Ils filèrent ensuite visiter la basilique toute proche, puis se rendirent au palais des Doges.

Il y avait tant d'infinies merveilles à découvrir dans cette ville ! Pourtant, aux yeux de Roberto, rien ne pouvait égaler la beauté de la jeune femme qui l'accompagnait et qu'il rêvait d'attirer à lui pour l'embrasser, encore et encore, inlassablement.

Une envie malheureusement impossible à assouvir. Quel homme serait-il s'il tentait de l'embrasser alors qu'il lui avait assuré, à peine quelques heures plus tôt, qu'elle pouvait ne voir en lui qu'un ami fidèle ?

Incapable d'écarter tout à fait de son esprit ces pensées sinistres ou d'oublier le désir devenu lancinant d'embrasser Stasia, il lui suggéra de s'installer à une terrasse de restaurant qui proposait une cuisine traditionnelle authentique.

Tout excitée de découvrir la gastronomie italienne, Stasia porta son choix sur des *spaghetti alle vongole* tandis qu'il optait pour un risotto aux langoustines. Ils achevèrent ce délicieux repas par un tiramisu qu'ils accompagnèrent d'une coupe de champagne.

L'enthousiasme de Stasia se révélait contagieux. Voir Venise à travers le prisme de son regard lui donnait l'impression de découvrir cette cité magique pour la première fois.

— À ton anniversaire, dit-il en levant son verre pour trinquer avec elle.

— Roberto, tu es fou, répliqua-t-elle en choquant sa coupe contre la sienne. Tu n'aurais pas dû.

Mais l'éclat de son regard disait clairement à quel point cette attention lui allait droit au cœur.

Le moment est venu.

Il plongea la main dans la poche de sa veste où se trouvait l'étui en cuir lisse qu'il y avait glissé avant de quitter sa cabine. Sur les conseils qu'il espéra avisés de son assistante, il s'était rendu, au cours de leur escale précédente, dans une bijouterie locale. Pourvu qu'il ait fait le bon choix !

S'armant de courage, il sortit l'écrin de sa poche et le plaça sur la table, devant Stasia.

— Joyeux anniversaire, dit-il sobrement.

Elle écarquilla les yeux, si surprise qu'elle n'esquissa pas le moindre geste vers l'écrin.

L'inquiétude le rongea. S'il s'était trompé de cadeau ?

— Tu ne veux pas savoir ce qu'il y a là-dedans ?

Elle opina en silence puis, d'un geste encore hésitant, ouvrit la boîte qui révéla les boucles d'oreilles serties de diamants et de saphirs qu'il avait choisies pour elle.

Il la vit se raidir tandis qu'elle restait silencieuse. Il n'avait pas fait le bon choix, c'était certain maintenant. Elle n'aimait pas ces boucles d'oreilles.

— Nous pouvons les changer si elles ne te plaisent pas, s'empressa-t-il de préciser pour mettre un terme au malaise ambiant.

— Ce n'est pas ça, dit-elle dans un souffle. Elles sont magnifiques. Mais c'est trop.

Elle repoussa alors l'écrin vers lui.

— On ne t'a pas appris qu'il était très impoli de rendre un cadeau qu'on t'avait fait ? pointa-t-il d'un ton qu'il voulait léger.

— Je ne sais pas quoi dire.

— Eh bien, ne dis rien et essaie-les.

Dans un geste lent, elle retira celles qu'elle portait et accrocha les nouvelles.

— Elles sont presque aussi jolies que toi, commenta-t-il sur le mode de la plaisanterie.

Elle rougit sous le compliment et détourna les yeux.

— Merci, murmura-t-elle.

— De rien.

Quelques minutes plus tard, ils reprenaient leurs déambulations jusqu'au marché du Rialto où une femme âgée offrit de les prendre en photo. Tout d'abord réticent, il finit par se plier au désir de Stasia.

— Rapprochez-vous l'un de l'autre, leur intima la femme. Vous êtes trop éloignés.

Un peu gauches, ils se rapprochèrent tout en veillant à garder quelques centimètres entre eux.

— Plus près, insista la femme après avoir vérifié leur image sur l'écran.

Il poussa un profond soupir. On voyait bien que cette étrangère n'avait aucune idée de la torture qu'elle voulait lui infliger. Plus docile, Stasia se rapprocha jusqu'à ce que leurs épaules se touchent.

— Bien… Et maintenant, donnez-vous un baiser.

Tout d'un coup, des voix anonymes se joignirent à celle de la femme pour marteler d'un ton joyeux : « Un baiser ! Un baiser ! Un baiser ! »

Il se sentit pris au piège. Pour masquer son embarras et se donner une contenance, il défit le premier bouton de sa chemise. Ces gens n'avaient donc rien de mieux à faire que de vouloir les pousser à faire en public une chose qui ne pouvait que les embarrasser ?

Stasia se pencha pour lui murmurer à l'oreille :

— Je crois qu'elle ne me rendra mon téléphone que si nous… Si tu… Euh… Enfin, tu vois ce que je veux dire.

— Si je t'embrasse ?

— Exactement.

— La question est : as-tu vraiment besoin de récupérer ce téléphone ?

— Tu es sérieux, là ?

Il reporta son regard sur la femme qui, à voir son air déterminé, n'était pas près de lâcher l'affaire.

— De toute façon, je crois que nous n'avons pas le choix. Ou nous lui donnons satisfaction, ou nous en sommes quittes pour t'acheter un nouveau smartphone.

— C'est hors de question ! s'offusqua Stasia. J'ai toutes mes photos, tous mes mails, tous mes contacts, bref, toute ma vie, là-dedans.

— Tu veux dire que ce que contient ce téléphone est si important à tes yeux que tu serais prête à faire n'importe quoi pour le récupérer ?

— Je ne partirai pas d'ici sans lui.

— Ce qui signifie ?

— Fais-le.

— Tu veux vraiment que je t'embrasse ?

— Oui.

Cette réponse ne l'aidait pas vraiment. Mais mieux valait ne pas s'attarder sur toutes les bonnes raisons qu'il aurait de vouloir se dérober à cette douce injonction.

Il se pencha vers elle et prit ses lèvres souples et chaudes dans un baiser empli de douceur. Le silence se fit autour d'eux. Au lieu de s'écarter de lui, Stasia entrouvrit les lèvres, le suppliant en silence de prolonger ce baiser.

Plus rien alors ne compta pour Roberto que cette femme désirable qu'il serrait entre ses bras, leurs bouches jointes dans un baiser empli maintenant d'une passion qu'ils semblaient avoir l'un et l'autre bien du mal à contenir.

Ainsi donc, Stasia n'était pas aussi indifférente qu'elle feignait de l'être à l'attraction qu'il exerçait sur elle. Fort de cette découverte, il la serra un peu plus étroitement contre lui et pressa sa bouche plus fort sur la sienne. Ses doutes s'envolèrent comme par magie tant il se sentait à sa place et tant ce baiser lui semblait naturel.

Il sentit Stasia s'abandonner contre lui. Lorsqu'elle noua les bras autour de sa nuque et qu'il sentit ses formes se plaquer aux siennes, il poussa un gémissement de plaisir. Avait-elle la moindre conscience du désir brûlant qui le consumait ?

Un tonnerre d'applaudissements s'éleva soudain autour d'eux. La réalité le rattrapa d'un coup. Ils étaient en train de se donner en spectacle. Il s'écarta brusquement de Stasia qui, elle, ne semblait pas le moins du monde dérangée par ces témoins gênants. Elle battit plusieurs fois des cils avant de fixer sur lui un regard voilé de désir. Manifestement, il n'était pas le seul à s'être laissé emporter bien loin des rivages de la réalité.

La femme s'avança vers eux avec un large sourire puis tendit son téléphone à Stasia.

— Tenez, dit-elle. J'en ai pris plusieurs. Par précaution, on ne sait jamais.

— Merci, répondit Stasia, encore plongée en pleine confusion.

— Je vous souhaite d'être très heureux ensemble, ajouta la femme.

— Justement, nous ne sommes pas ensemble, protesta Stasia.

Trop tard. La femme s'était déjà fondue dans la foule et n'avait pas entendu ce qu'elle venait de dire.

Dans un bel ensemble, ils abaissèrent alors le regard sur la dernière photo de la série. Il apparut aussitôt à Roberto qu'ils avaient l'air d'un couple fou amoureux.

Ce qui, évidemment, n'était pas le cas.

La foule se dispersa. Stasia replaça son téléphone dans son sac, se gardant bien de faire un commentaire sur la scène qu'ils venaient de vivre. Si Roberto brûlait de demander à Stasia de lui transférer ces photos, il s'en garda bien pourtant. À quoi bon ? Il serait capable de passer des heures à contempler ce couple qu'ils n'étaient pas dans la réalité.

— Si nous allions manger une glace, maintenant ? proposa-t-il d'un ton enjoué destiné à dissimuler son trouble.

— Je ne sais pas. À vrai dire, je n'ai pas très faim. Il n'y a pas si longtemps que nous sommes sortis de table.

— Allons, laisse-toi faire. Ce serait une glace d'anniversaire.

Buzz... Buzz..., bourdonna son téléphone à ce moment-là.

— Tu ne réponds pas ?

— Ça peut attendre.

Elle afficha un air surpris.

— Regarde au moins qui essaie de te joindre. Ça peut être urgent.

— Ça peut attendre, répéta-t-il plus fort.

Le visage de Stasia se fendit d'un large sourire tandis qu'elle continuait à le fixer avec insistance.

— Quoi ? J'ai quelque chose sur le visage ?

Elle secoua la tête en riant.

— Finalement, répondit-elle, tout n'est pas perdu.

— Que veux-tu dire par là ?

— Tu commences à comprendre qu'il n'y a pas que le travail qui compte dans la vie.

Alors qu'ils s'arrêtaient devant l'échoppe d'un glacier artisanal, la remarque de Stasia continuait à tourner en boucle dans sa tête. Savoir qu'elle l'avait percé à jour le mettait mal à l'aise.

— Qu'est-ce qui te ferait plaisir ? demanda-t-il en lui tendant la carte.

Elle porta son choix sur un sorbet au citron et lui sur une crème glacée aux pépites de chocolat.

Tandis qu'ils dégustaient leur glace en marchant, il se dit que la présence de Stasia à ses côtés lui rendait la vie plus belle et plus légère. Jusque-là, il avait voyagé aux quatre coins du monde sans prendre le temps de visiter les lieux où il se trouvait, encore moins de savourer une glace comme ils étaient en train de le faire. Avec Stasia à ses côtés, il avait envie de lever le pied, de profiter des bons moments qui s'offraient à lui.

Lorsqu'ils eurent fini, il sortit un nouvel écrin de sa poche, rectangulaire celui-ci, qu'il plaça dans la main de Stasia.

— Roberto, c'est trop, protesta-t-elle avant même d'avoir vérifié ce que contenait l'écrin. Vraiment. Je ne peux pas accepter.

— Je n'ai personne dans ma vie à qui offrir ce genre de cadeaux. En fait, vois-tu, je suis un affreux égoïste, c'est à moi que je fais plaisir.

Son argument fit mouche. Elle ouvrit la boîte, resta bouche bée devant le collier qu'il avait choisi pour se marier avec les boucles d'oreilles.

— Il est magnifique ! Roberto, tu me gâtes trop.

— J'en suis heureux.

Elle lui tendit le collier et rassembla la lourde masse de sa chevelure sur un côté, lui offrant ainsi sa nuque dégagée qu'il brûla instantanément de couvrir de baisers. Il se hâta de fermer le collier qui se révéla du plus bel effet sur la peau diaphane de son décolleté.

— Je ne sais pas quoi dire, Roberto. Tu es si généreux ! Je ne suis pas près d'oublier cette merveilleuse journée.

— Elle n'est pas encore terminée. Et je tiens à te prévenir : tu n'es pas encore au bout de tes surprises.

Quelle merveilleuse facette de Roberto Stasia elle découvrait !

Un Roberto plus en prise avec la réalité de la vie.

Un large sourire fendit son visage tandis qu'ils marchaient en direction des Gallerie dell'Accademia, musée fameux où les attendaient quelques-uns des chefs-d'œuvre des grands maîtres de la peinture italienne.

Elle lui coula un regard en biais. Il semblait heureux à l'idée de visiter ce musée emblématique de Venise même si, elle le savait, il le faisait pour elle, ce dont elle lui était infiniment reconnaissante.

Lukos n'appréciait guère ce genre d'endroit. Ce n'était pas un contemplatif. Loin de là. Il était plutôt du genre à courir les marathons ou à disputer des matchs de foot. Il fallait toujours qu'il soit en mouvement sans quoi il avait l'impression de perdre son temps.

Roberto était différent. Il s'intéressait à ce qu'elle aimait. Ou, en tout cas, feignait de s'y intéresser.

— Quelle journée mémorable ! s'extasia-t-elle encore une fois. J'avoue que sans toi, je crois que je serais restée terrée la plupart du temps dans ma cabine. Merci d'être un ami si précieux.

Il plongea son regard dans le sien, faisant redoubler les battements de son cœur.

— Je me plais à croire que nous sommes un peu plus que de simples amis.

— Un faux couple, alors ?

Elle essayait de se montrer légère mais, malgré ses efforts, le cœur n'y était pas. La comparaison qu'elle venait d'établir avec Lukos faisait planer des nuages sombres et menaçants sur son humeur.

— Il faut avouer que cette situation est particulièrement singulière.

— C'est vrai.

— L'autre jour, tu as dit vouloir me parler de quelque chose. De quoi s'agissait-il ?

— Je t'ai déjà dit que je cherchais à donner une nouvelle tournure à ma vie. Tu t'en souviens ?

— Parfaitement.

— Vous voir, mon frère et toi, vous investir dans un métier qui semble vous passionner me donne envie de vivre la même chose. Moi aussi, je veux me lever le matin en me disant que j'ai un but à atteindre. Je veux savoir ce que c'est que d'être vraiment motivée par quelque chose. Je veux attaquer ma journée, pleine d'enthousiasme et d'énergie.

— Mais… Ton travail à l'agence ? Je croyais…

Elle secoua la tête.

— L'immobilier, ce n'est pas pour moi. J'en suis certaine à présent.

— Dans quoi penses-tu te lancer, alors ?

— C'est bien là le problème. Je ne sais pas. J'ai aimé ma vie avec Lukos. Être son épouse, m'occuper de notre maison, l'accompagner partout où il allait. C'était chaque fois une nouvelle aventure qui commençait. Mais maintenant qu'il n'est plus là, je dois me trouver de nouveaux rêves. Des rêves que je serai la seule à pouvoir réaliser, sans l'aide de quiconque. Je veux devenir une femme indépendante et autonome. Tu comprends ?

— Absolument. Mais tu n'as vraiment aucune idée de ce qui te plairait ?

— Toujours pas. Je pensais mettre à profit cette croisière pour avancer sauf que…

— Sauf que je t'en ai empêchée avec tous mes problèmes. Je suis désolé, Stasia.

— Ne le sois pas. Je passe un séjour très agréable grâce à toi et j'apprécie beaucoup ta famille.

— Peut-être mais, en attendant, tu ne travailles pas sur ton avenir.

— Pour le moment. Mais la croisière n'est pas terminée. Il me reste encore quelques jours pour trouver ma voie.

— Tu as quand même pu progresser dans ton travail de recherches ? s'enquit-il avec, dans le regard, une lueur de réel intérêt.

Elle haussa les épaules.

— Disons que, en procédant par élimination, je sais à présent ce pour quoi je ne suis pas faite.

— Comme ?

— Eh bien, je ne pourrais jamais me lancer dans une carrière artistique, par exemple. Je chante faux alors que j'adore ça. Je sais à peine dessiner des bonhommes bâtons même si je me pâme devant les œuvres de peintres.

— Te sens-tu attirée par le monde des affaires ?

— À vrai dire, je n'y ai pas vraiment réfléchi.

Elle n'était pas plus avancée sur son avenir professionnel mais elle progressait sur une chose : plus elle passait de temps avec Roberto, moins elle avait envie de le quitter. Toutefois cet attachement était sans doute dû au fait qu'elle avait traversé un long désert sentimental. L'amitié amoureuse – car ça ne pouvait pas être autre chose – qui les liait, Roberto et elle, venait combler un vide affectif prolongé.

Voilà tout.

Le moment n'était pas bien choisi.

Roberto décida d'attendre pour proposer à Stasia de travailler avec lui. Il voulait lui épargner toute pression inutile, d'autant plus qu'elle venait de lui avouer n'être pas faite pour le travail d'agent immobilier. Et puis qui sait ? D'ici qu'il trouve l'occasion de lui parler de ses projets, elle aurait probablement trouvé sa voie.

Cette femme le troublait à l'extrême. Il y avait quelque chose en elle, une force vive, qui forçait l'admiration.

Elle tourna vers lui son visage angélique. Devinait-elle les pensées qui lui traversaient l'esprit ? Il eut la prétention de croire que non. Elle ne pouvait pas lire aussi facilement en lui, tout de même.

— Ces peintures ne t'intéressent pas, Roberto ?

— Bien sûr que si.

— Pourtant, tu as l'air ailleurs.

— Excuse-moi, je suis distrait, c'est vrai.

— Nous pouvons partir d'ici, si tu veux. Quelle est la suite du programme ?

— Quelque chose qui, je l'espère, va beaucoup te plaire. Par ici, *signorina*, ajouta-t-il en lui offrant son bras.

Elle le prit en souriant. Une fois encore, ce geste lui parut si naturel qu'il eut le sentiment d'être à sa place, avec la bonne personne.

Un sourire béat aux lèvres, il plongea la main dans la poche de sa veste, là où se trouvait le troisième écrin. Celui qui renfermait la bague de fiançailles que lui avait transmise sa grand-mère. Lorsqu'il aurait donné cette bague à Stasia, la comédie qu'ils se plaisaient à jouer depuis des jours prendrait une tout autre tournure. Une tournure plus sérieuse, plus officielle, qu'il n'était pas certain de vouloir assumer.

— À quoi penses-tu ?

La voix de Stasia interrompit brusquement le fil de ses pensées.

— À rien d'important, éluda-t-il.

Heureusement, ils venaient d'arriver à la gondole qu'il avait réservée pour une escapade romantique.

— Le carrosse de madame est avancé, dit-il en s'effaçant pour la laisser embarquer la première.

En même temps que le visage de Stasia irradiait de joie, son cœur se mit à battre la chamade. Qu'avait donc cette femme de si spécial pour qu'un simple sourire de sa part ait sur lui un tel effet ?

Tout à ses pensées, il s'installa à côté d'elle, les doigts serrés sur l'écrin. Ce n'était pas le bon moment. Il ne pouvait pas lui offrir une telle bague, lourde de symboles, dans un cadre aussi romantique alors qu'ils ne sortaient ensemble que pour tromper la galerie.

Il bougea sur son siège, cherchant à mettre un peu d'espace entre eux et à se concentrer sur ce qui l'entourait.

La gondole où ils se trouvaient par exemple. Il scruta avec attention les hippocampes dorés à l'or fin qui ornaient fièrement la proue, puis les cordons de sécurité rouge grenat et enfin les coussins moelleux multicolores qui recouvraient les banquettes.

S'il n'en était pas à sa première visite de Venise, c'était la première fois, en revanche, qu'il mettait les pieds dans une gondole. Par le passé, il n'en avait jamais éprouvé l'envie. Trop romantique à son goût pour s'y retrouver seul, se disait-il alors. Et surtout, il ne voyait pas avec qui il aurait pu s'accorder une promenade aussi romantique.

En tout cas, pour l'heure, il ne boudait pas son plaisir. Il savourait cette parenthèse magique tout autant que Stasia. La gondole glissait doucement sur l'eau, leur faisant découvrir à un rythme lent les merveilleux palais qui bordaient le canal.

Il pensa de nouveau à la bague, tâta l'écrin à travers la toile de sa poche.

Stasia tourna vers lui son visage rayonnant d'une joie enfantine, puis elle lui sourit.

— Cette promenade te plaît ? demanda-t-il en lui rendant son sourire.

— J'adore ! répondit-elle avec enthousiasme. J'avoue que cette journée est vraiment exceptionnelle. Tu me gâtes. Merci, ajouta-t-elle en rivant son regard au sien.

— Ne me remercie pas. Je suis tellement content de te rendre heureuse. Et puis, pour moi aussi, cette journée est fabuleuse.

— Roberto…

Sa voix était si douce qu'elle donnait l'impression de flotter dans l'air.

Il tendit la main vers son visage et lui caressa la joue dans un geste d'une infinie tendresse.

— Tu es la femme la plus belle que j'aie jamais connue, murmura-t-il.

Elle entrouvrit les lèvres mais aucun son n'en sortit.

La tentation était trop forte. Il pencha la tête vers elle et pressa sa bouche sur la sienne pour lui donner un baiser dont il ne se lassait pas. Il comprit à ce moment-là que Stasia ferait partie de sa vie jusqu'à la fin de ses jours. Même lorsqu'il serait un vieil homme, rongé par l'âge, il se souviendrait encore avec émotion de ce moment merveilleux : Stasia et lui enlacés dans cette gondole, leurs lèvres jointes, ce baiser d'une douceur immense.

Comme elle l'avait fait la première fois, Stasia répondit à son baiser tout en s'abandonnant contre lui. Sa bouche avait le goût fruité du champagne et de la glace qu'ils avaient pris un peu plus tôt. Un baiser si doux, si tendre, qu'il resterait à jamais gravé dans sa mémoire.

Des applaudissements provenant du quai qu'ils longeaient le firent s'écarter à regret de Stasia. Elle leva alors sur lui ses beaux yeux pleins d'étoiles.

Lorsqu'il reviendrait à Venise, le visage de Stasia l'accompagnerait désormais partout.

Venise serait à jamais leur ville.

Flâner dans cette ville en compagnie de Stasia était tellement plus réjouissant que la perspective d'aller travailler !

Roberto esquissa un sourire amusé.

Était-ce bien l'homme d'affaires toujours accaparé par son travail qui venait d'établir une comparaison pareille ? Il n'aurait jamais cru que de telles pensées pourraient un jour lui traverser l'esprit. Et pourtant, c'était bien ce qui venait de se produire.

Ils regagnèrent le bateau en fin d'après-midi, la tête pleine des merveilleuses découvertes qu'ils avaient faites ensemble. Aucun d'eux ne manifestant l'envie de regagner sa cabine, ils restèrent sur le pont, accoudés au bastingage.

Il plongea une nouvelle fois la main dans la poche où se trouvait l'écrin. Que devait-il faire ? Donner cette bague à Stasia ou pas ? Quelle serait sa réaction s'il la lui offrait ?

Comme en réponse, Stasia se redressa et se tourna son visage vers lui.

— Je suis fatiguée, annonça-t-elle. Je vais aller m'allonger un peu. Mais avant, je voudrais te remercier une nouvelle fois pour avoir fait de cette journée d'anniversaire une journée exceptionnelle. Je te suis reconnaissante de tout le mal que tu t'es donné.

Elle s'interrompit pour accrocher son regard avant de poursuivre :

— Je te suis d'autant plus reconnaissante que je sais tout le travail qui t'attend.

Son cœur battait la chamade tandis qu'il entrecroisait ses doigts à ceux de Stasia.

— Pour rien au monde, je n'aurais voulu me trouver ailleurs aujourd'hui.

— Salut, vous deux !

Gaia fondit sur eux, le visage fendu comme à l'accoutumée d'un large sourire.

— Vous avez passé une bonne journée ?

Même s'il ne s'agissait que d'un sentiment confus, Roberto comprit tout de suite que sa cousine avait quelque chose d'important à leur révéler.

— C'était merveilleux, répondit Stasia avec enthousiasme avant de lui énumérer quelques-uns des sites qu'ils avaient visités.

— C'est tout ? insista Gaia. Vous n'avez rien d'autre à me raconter ?

Stasia afficha un air perplexe.

— Je ne vois pas, non. Tu veux peut-être parler de ton mariage, demain ?

— Pas exactement. Enfin, pas du mien en tout cas.

Roberto comprit tout de suite de quoi il retournait.

— Gaia, je peux te parler ? En privé, précisa-t-il comme elle ne bougeait pas. Stasia, tu m'attends ? Je n'en ai pas pour longtemps.

Puis, prenant sa cousine par le bras, il l'entraîna un peu à l'écart.

— Ne me dis pas que tu n'as pas fait ta demande ! s'offusqua Gaia. Qu'est-ce que tu attends ? Venise, c'est l'occasion idéale ! C'est une ville tellement romantique !

— Yaya t'a parlé ?

— Elle m'a appris pour la bague. Mais je ne comprends pas pourquoi tu n'as encore rien dit à Stasia.

Roberto fronça les sourcils, cherchant la meilleure réponse à donner.

— J'attends le bon moment, finit-il par éluder.

— Je peux la voir, cette bague ? s'enquit-elle, au comble de l'excitation.

Pour toute réponse, il regarda en direction de Stasia qui attendait patiemment qu'il revienne. Elle était si loin de se douter de ce qui se tramait ! Non, décidément, il n'avait pas envie de gâcher la journée de rêve qu'ils venaient de vivre.

— Roberto ?

— Non, tu ne peux pas la voir, trancha-t-il. Enfin, pas maintenant. Et surtout, n'en parle à personne.

— Trop tard, s'empressa-t-elle d'ajouter en voyant le regard courroucé qu'il venait de poser sur elle. Je n'étais pas censée savoir que c'était un secret. Tu vas demander Stasia en mariage, n'est-ce pas ?

Il poussa un profond soupir.

— Pas tant que tu resteras dans les parages, en tout cas.

Le visage de Gaia s'illumina d'une joie puérile.

— Compris. Je pars sur-le-champ. Tout ceci est tellement excitant. Yaya va être aux anges !

Il lui lança un regard qui se voulait intimidant. S'il ne la bousculait pas un peu, Gaia serait bien capable de passer la soirée avec eux.

— D'accord, d'accord. J'y vais. Bonne chance, ajouta-t-elle avant de le gratifier d'une franche accolade.

Une fois son exubérante cousine repartie, Roberto

regarda autour de lui pour s'assurer qu'aucun autre membre de la famille ne traînait dans le coin. Personne. Il pouvait aller rejoindre Stasia.

— Excuse-moi, marmonna-t-il, un peu embarrassé.

— Ta cousine avait l'air bien excitée. Ou alors elle avait bu ? supposa-t-elle en faisant le geste de porter un verre à ses lèvres.

Pour toute réponse, il secoua la tête. Le moment était venu. Il sortit l'écrin de sa poche et le lui tendit. Comme les deux premières fois, Stasia en resta interdite.

— C'est ma grand-mère qui me l'a donnée pour toi, expliqua-t-il.

— Pour moi ?

— Oui. Maintenant, tout le monde croit que nous allons nous marier.

— Nous marier ?

Il opina, laissant un silence embarrassant planer un moment au-dessus de leur tête.

— C'est toute cette effervescence autour du mariage de Gaia, observa-t-il le premier. Ils s'imaginent sans doute que tout le monde doit suivre son exemple.

Stasia ne répondait toujours rien, visiblement abasourdie par l'ampleur que prenait leur farce.

Ne sachant trop quoi dire, et pour se donner une contenance, il ouvrit l'écrin à sa place.

— Elle est magnifique, s'émerveilla-t-elle dans un souffle.

— Tu peux la passer à ton doigt, dit-il d'un ton encourageant.

Mais comme elle gardait rivé sur lui un regard interrogateur, il précisa :

— N'oublie pas qu'ils nous croient ensemble. Pour ma grand-mère, il est tout naturel de te transmettre ce bijou de famille.

Il sortit la bague de l'écrin et prit la main de Stasia, légèrement tremblante, dans la sienne.

— Je peux ?

Comme elle opinait, il glissa la bague à son annulaire gauche. Elle lui allait à la perfection, comme si elle avait été faite pour elle. Ils restèrent un long moment silencieux, les yeux fixés sur le diamant qui étincelait de mille feux à la lumière du soleil couchant.

— Roberto… Qu'est-ce que nous sommes en train de faire ?

La joie pure qu'elle avait ressentie tout au long de cette journée si particulière semblait avoir cédé la place à une grande anxiété.

— Ce n'est que l'histoire de quelques jours, objecta-t-il d'un ton qu'il voulait léger.

— Je ne pensais pas que cela irait aussi loin, objecta-t-elle en cherchant son regard.

— Moi non plus. Mais je ne voudrais pas prendre le risque de gâcher le mariage de Gaia en leur avouant tout maintenant. Cependant, la décision t'appartient, Stasia. Tu peux décider de tout arrêter sur-le-champ.

— J'ai… J'ai besoin d'y réfléchir.

— Bien sûr.

Il la suivit du regard tandis qu'elle s'éloignait de sa démarche souple et dansante. Il était bien conscient du sacrifice qu'il lui demandait de faire. Car ce qui avait commencé comme une farce bon enfant était en train de se retourner contre eux.

Cette scène surréaliste venait-elle vraiment de se produire ?

Tout en regagnant sa cabine, Stasia se repassait les événements de la journée. Elle faisait tourner autour de son doigt la précieuse bague, comme pour s'assurer qu'elle ne rêvait pas.

Roberto n'avait pas le droit de lui transmettre une bague aussi lourde de symboles. Ce bijou était destiné à la femme qu'il aimerait vraiment. Pas à elle. Quoique… Rien ne l'empêcherait de le faire une fois qu'ils auraient mis un terme à toute cette comédie et qu'elle lui aurait rendu sa bague.

Elle abaissa les yeux sur le diamant qu'elle portait au doigt. Une pure merveille, féminine et délicate, taillée en baguette, qui en mettait plein les yeux ! Un bijou d'une grande valeur marchande et sentimentale que, à l'évidence, Yaya avait réservée à l'élue. À celle qui saurait rendre son petit-fils heureux. La pensée qu'une autre femme porterait un jour cette bague suscita en elle une pointe de jalousie qu'elle s'empressa de refouler.

Une fois dans sa cabine, elle referma la porte derrière elle et s'y adossa un long moment. Elle ferma les yeux et inspira profondément. Qu'était-elle en train de faire ?

Des images de la journée de rêve que Roberto lui avait fait vivre jaillirent pêle-mêle à son esprit. Elle revit les visites aux différents musées, le repas délicieux pris en terrasse puis la promenade en gondole, si romantique. Elle revit Roberto lui prendre la main, lui sourire, l'embrasser.

Les battements de son cœur se mirent aussitôt à redoubler d'intensité.

Elle ouvrit grand les yeux, soucieuse de chasser ces images à la fois merveilleuses et douloureuses. Car ce diamant qui étincelait à son doigt non seulement ne lui était pas destiné, mais lui faisait sentir tout le poids de son attitude d'usurpatrice.

Elle retira la bague d'un geste brusque, ne supportant pas de la porter plus longtemps, puis elle se laissa tomber sur son lit.

Les seules bagues qu'elle avait portées jusque-là étaient celles que Lukos lui avait offertes. Son cœur se serra sous le poids de la culpabilité. S'il pouvait la voir, que penserait son mari de cette comédie à laquelle elle avait accepté de se prêter, un peu légèrement, elle le comprenait maintenant ? Rirait-il de la voir prisonnière d'une situation pour le moins grotesque ? Ou, au contraire, lui reprocherait-il son manque de discernement ?

Compte tenu du caractère solaire de Lukos, elle penchait plutôt pour la première hypothèse. C'était ce qu'elle avait le plus aimé en lui : cette capacité à tout traiter de manière légère, à ne rien prendre au sérieux.

Elle s'allongea sur le lit et cala sa tête sur l'oreiller avant de reprendre le fil de son introspection.

Tout bien considéré, elle ne faisait qu'aider un ami. Un ami véritable qui n'avait pas hésité à se mettre en quatre pour faire de sa journée d'anniversaire une journée d'exception. Elle ne voyait vraiment pas où était le mal.

De plus, Roberto lui avait laissé le choix. C'était à elle de décider. C'était bien là quelque chose de nouveau pour elle. Contrairement à Lukos et à Xander qui l'abreuvaient sans cesse de conseils censément avisés, Roberto lui faisait confiance. À aucun moment, il n'avait essayé de l'influencer dans ses choix.

Grâce à lui, à la confiance qu'il lui témoignait, elle se sentait grandir. Plus elle passait de temps en sa compagnie, plus elle gagnait en assurance. Elle esquissa un sourire attendri. Roberto l'aidait bien plus qu'il ne le soupçonnait.

Elle tourna la tête vers la bague qu'elle avait posée sur sa table de chevet. Puisque la décision lui appartenait, qu'allait-elle faire ? Continuer ou arrêter ?

Elle rejoignait Roberto sur le fait que s'ils avouaient maintenant avoir menti, le mariage de Gaia en pâtirait. Une ombre planerait qui ternirait ce qui devait être le plus beau jour de la vie d'une femme. Faire du mal à Gaia était bien la dernière chose qu'elle voulait.

Et s'ils persistaient dans leurs mensonges ? Est-ce que cela changerait quelque chose ? Dans le fond, pas vraiment. Elle continuerait simplement à se sentir de plus en plus attirée par Roberto. Puis, la croisière achevée, ils mettraient un terme à leur relation et chacun reprendrait le cours de sa vie.

En souffrirait-elle ? Certainement.

Elle poussa un profond soupir. La réalité et la fiction étaient si étroitement mêlées qu'elle nageait en pleine confusion.

Jour 8

Venise, Italie

Stasia s'empara de la bague de fiançailles et la fit tourner entre ses doigts, laissant la lumière du soleil couchant jouer avec les diamants qui projetèrent une multitude d'étoiles scintillantes sur les murs de la cabine.

La situation avait pris un tour inattendu.

Aux yeux de tous, Stasia était désormais la fiancée officielle de Roberto. Allait-elle abonder dans ce sens ou, au contraire, prononcer l'arrêt du jeu ?

Tout à ses pensées, elle alla chercher dans sa penderie la robe noire décolletée habillée – la seule – qu'elle avait fourrée au dernier moment dans sa valise. Comment aurait-elle pu imaginer, en embarquant sur ce bateau, qu'elle allait assister à un mariage à Venise ?

Elle se rappela les mots de Lukos lorsqu'il avait appris qu'il souffrait d'un cancer. Il avait alors voulu lui arracher la promesse de continuer à vivre, d'aller de l'avant et de ne pas se complaire dans son chagrin.

Ce jour-là, elle n'avait pas pu lui faire une telle promesse, pour la simple raison qu'elle ne pouvait pas envisager de le perdre. Elle allait l'aider à se battre contre la maladie et ils sortiraient victorieux de cette bataille.

Par la suite, lorsque l'espoir s'était amenuisé au point que Lukos savait qu'il allait partir, il était revenu à la charge. Il ne voulait pas mourir sans avoir la certitude qu'elle n'allait pas se contenter de vivre dans le souvenir de leur vie.

Elle secoua la tête, pour mieux chasser les images encore douloureuses qui se bousculaient dans sa tête. Une belle journée s'annonçait, qu'elle ne voulait pas assombrir avec des pensées aussi noires.

C'était ce qu'aurait voulu Lukos, mais ce n'était pas si simple. Car si chaque jour la voyait se rapprocher un peu plus de Roberto, elle ne savait comment accueillir ni nommer les sentiments profonds qui naissaient en elle.

La culpabilité rôdait sans cesse, l'empêchant de vivre normalement cette nouvelle relation. Ce n'était pas la crainte d'oublier un jour Lukos. Non. Il avait été son premier amour, celui qu'aucune femme ne peut oublier. Elle se demandait juste s'il y avait de la place pour deux hommes dans son cœur.

Cette pensée la paralysa. Qu'était-elle en train de s'imaginer ? Elle n'aimait pas Roberto. C'était impossible. Elle éprouvait du désir pour lui, elle ne pouvait le nier. Mais cela n'avait rien à voir avec le sentiment amoureux.

Et puis, il y avait Xander. Qui ne supporterait pas de voir sa sœur sortir avec son meilleur ami à la réputation sulfureuse. Son frère et elle avaient mis trop de temps à se retrouver pour qu'elle prenne le risque de tout gâcher à cause d'un coup de cœur passager.

Toc toc.

— Stasia ? Tu es prête ?

La voix de Roberto, aux intonations basses et graves, lui parvint à travers la porte.

Son cœur bondit dans sa poitrine. Ses paumes devinrent moites. Quoi de plus normal ? Elle allait vivre son premier rendez-vous galant avec Roberto.

Enfin… Pas vraiment, mais ça en aurait l'allure, en tout cas. Pour la famille de Roberto, qui pensait qu'ils allaient se marier, et même pour elle qui, au fil des jours, voyait la frontière entre fiction et réalité se confondre un peu plus.

Elle se sentit gagnée par une grande nervosité. Bien plus que lorsqu'elle avait retrouvé Lukos pour la première fois.

Elle prit une profonde inspiration tout en s'exhortant au calme. En vain. Ses mains tremblaient de manière presque convulsive lorsqu'elle glissa la bague de fiançailles à son annulaire.

Elle aurait dû refuser de se prêter à cette comédie. Il était trop tôt. Elle risquait de s'effondrer au cours de la journée et de trahir Roberto.

Elle abaissa les yeux sur le doigt qui, il y avait peu de temps encore, portait son alliance et qui, aujourd'hui, était orné d'un diamant somptueux.

Lukos…

Toc toc.

— Stasia ?

Submergée d'émotion, elle avala péniblement sa salive avant de répondre :

— Oui. Je… J'arrive.

Elle essaya une nouvelle fois de se raisonner. Ce trop-plein d'émotions était dû à ce mariage, voilà tout.

Lorsqu'elle vérifia une dernière fois son reflet dans le miroir, elle fut assaillie de doutes. Porter du noir pour une telle occasion, était-ce bien judicieux ? N'aurait-elle pas dû opter pour une tenue plus gaie ? Et puis… cette robe n'était-elle pas trop courte ?

De nouveaux coups frappés à la porte la rappelèrent à l'ordre. Elle inspira de nouveau et alla ouvrir. Les battements de son cœur redoublèrent d'intensité. Roberto était tellement séduisant dans son costume sombre qu'il avait égayé d'une cravate gris perle du plus bel effet.

Elle ouvrit la bouche, mais aucun son n'en sortit.

— Qu'y a-t-il ? s'étonna Roberto. Quelque chose cloche ?

Elle secoua la tête.

— Non. C'est juste que je te trouve très beau.

— Tu me rassures. Parce que tu avais l'air bizarre.

Soucieuse de lui cacher le trouble qu'il suscitait en elle, elle alla chercher sa pochette noire incrustée de petits cristaux – que là aussi, elle avait eu la bonne idée d'emporter au dernier moment : *Sait-on jamais ?* s'était-elle dit – puis le précéda vers la sortie.

— Dépêchons-nous, dit-elle en accélérant le pas. Je ne voudrais pas que nous soyons en retard à cause de moi.

— Stasia, sens-toi libre de changer d'avis et de ne pas m'accompagner à ce mariage, déclara Roberto qui avait dû sentir sa nervosité croissante. Je te l'ai déjà dit, je comprendrais. Je ne veux pas que tu te sentes piégée par notre petit arrangement.

Elle fut tentée d'accepter. C'était l'occasion ou jamais de se sortir de cette situation épineuse. Mais une part d'elle-même brûlait de vivre cette journée dans la peau de la véritable fiancée de Roberto Carrass. Bientôt, elle n'aurait plus à jouer la comédie. Alors, autant profiter du moment présent.

Par ailleurs, elle se voyait mal laisser tomber Roberto au dernier moment. Pour qui passerait-il aux yeux de sa famille ?

— Je ne changerai pas d'avis, annonça-t-elle d'une voix qu'elle voulait forte.

Il la retint par le bras, la faisant pivoter pour lui dire, droit dans les yeux :

— Merci, Stasia. Je te suis très reconnaissant. Sache que, lorsque tu en auras assez, tu n'auras qu'à me le faire savoir et nous quitterons aussitôt la soirée.

— Merci, répliqua-t-elle en soutenant sans ciller son regard qu'elle trouvait hypnotique.

Il prit sa main dans la sienne et la pressa doucement, dans un geste qui se voulait sans doute réconfortant.

— C'est si bon de pouvoir compter sur une véritable amie.

Une amie.

Voilà tout ce qu'elle était pour lui et il se faisait fort de le lui rappeler à la moindre occasion.

Elle s'arrangea donc pour lui cacher sa déception et lancer d'un ton faussement léger :

— Tu as raison. L'amitié, il n'y a que ça de vrai.

— Et puis, je dois bien admettre que je suis très fier d'avoir à mon bras une amie aussi jolie. J'ai bien vu que tous les mâles de ce paquebot deviennent verts de jalousie à chaque fois que nous les croisons.

Elle sourit distraitement à ce trait d'humour. Où allait les mener cette comédie ? Elle l'ignorait, mais elle ressentait un mélange excitant de crainte et d'exaltation.

Roberto ne savait trop comment se comporter.

Déjà, en temps normal, ce genre de célébration le mettait mal à l'aise. Mais s'y retrouver avec sa famille en compagnie de Stasia aggravait son malaise. Ils attendaient tous tellement de lui ! Qu'il soit plus présent.. Qu'il se fiance... Qu'il se marie... Pourquoi pas qu'il fasse des enfants tant qu'ils y étaient !

Ça n'allait pas être facile.

Heureusement, les sourires fréquents que lui adressait régulièrement Stasia le rassuraient et l'encourageaient à rester. Sans elle, il se serait esquivé depuis un bon moment déjà.

Pourtant, il avait bien remarqué, entre deux sourires et alors qu'elle se pensait à l'abri des regards, la tristesse qui se peignait sur son visage. Il n'avait pas besoin de lui demander ce qui n'allait pas. Il le savait. Lukos lui manquait. Son cœur appartenait toujours à son mari défunt. Roberto ne savait pas comment chasser ce fantôme qui se dressait entre eux.

Il jeta un coup d'œil circulaire à la salle, la cherchant du regard. Il la vit, en grande discussion avec Yaya. Elle semblait à son aise.

Rassuré, il reprit son tour d'horizon. Les jeunes mariés évoluaient sur la piste de danse, entourés d'autres couples tout aussi complices. Gaia irradiait d'un bonheur immense. Il ne l'avait jamais vue aussi heureuse. Ce couple résisterait-il à tous les obstacles qui se dresseraient en travers de sa route ou, au contraire, céderait-il à l'usure du temps ?

Pour finir, son regard se porta sur ses grands-parents. Ils s'aimaient tant ! Comme au premier jour. Ils formaient le couple parfait, celui qui donnait à chacun l'envie de se dire « oui » et de prononcer des vœux éternels. Malheureusement, Roberto considérait qu'ils étaient l'exception à la règle.

Fort de cette certitude, il resterait ferme sur sa décision de ne pas s'engager. Il ne voulait pas qu'on attende de lui qu'il change. Si c'était le prix à payer pour réussir un mariage – et c'était le prix à payer, il en était fermement convaincu –, il se refusait à tenter l'aventure. Sa seule manière d'être heureux, c'était de rester indépendant, de ne pas être tributaire de quelqu'un pour nager dans le bonheur.

Il continua d'observer Stasia à la dérobée tandis qu'elle poursuivait sa discussion avec Yaya. Elle semblait plus joyeuse, plus sereine maintenant.

À la voir si gaie, il éprouva l'envie irrésistible de l'attirer à lui, de l'embrasser, de se fabriquer de nouveaux souvenirs avec elle. Mais elle n'était pas femme à vivre le genre d'aventures que lui privilégiait. Elle était plutôt du genre à vouloir plus qu'une nuit ou deux dans les bras d'un homme.

Stasia était une femme pour qui les valeurs fondamentales comptaient. Contrairement à lui, elle devait rêver d'une histoire sérieuse, à des liens forts.

Sans compter qu'il y avait Xander. Son meilleur ami n'apprécierait pas qu'il couche avec sa sœur, même si lui, Roberto, pensait que ce pouvait être pour Stasia un tremplin vers sa liberté retrouvée. Un pont entre le passé et un futur plus léger. Il se plaisait à croire qu'il saurait lui montrer que la vie valait la peine d'être vécue autrement. Il y avait tant à voir ! Tant à faire ! Tant de jolies choses à saisir ! De jolis moments à vivre. Avec ou sans lui.

Le chemin à parcourir pour parvenir à un bien-être salvateur serait probablement long, car Stasia avait déjà vécu beaucoup de tragédies. À vingt-neuf ans à peine, elle avait eu son lot de souffrances. Il ne serait pas celui par qui elle souffrirait encore.

Malgré le désir qui le taraudait, il s'en tiendrait donc au rôle de chaperon que lui avait assigné Xander. Il protégerait Stasia des prédateurs qui lui tourneraient autour. Il la protégerait de lui-même.

— Tu m'as l'air bien pensif, dis-moi.

Stasia s'était penchée à son oreille pour couvrir le bruit de la musique, devenue assourdissante.

Il était si profondément absorbé dans ses pensées qu'il ne l'avait pas vue s'approcher de lui. Il s'emplit les poumons des délicieux effluves de jasmin qui émanaient d'elle, résistant péniblement à la tentation de fermer les yeux pour s'en griser tout à fait.

Incapable de soutenir son regard, il détourna la tête et fixa de nouveau la piste de danse. Jeunes ou moins jeunes, tout le monde à présent dansait, riait à gorge déployée, prenait du bon temps.

— Roberto ?

La voix de Stasia s'éleva de nouveau, dissipant les pensées dans lesquelles il s'était de nouveau plongé.

— Quelque chose ne va pas ? insista-t-elle.

— Non… Non.

— Vraiment ? Tu me le dirais si quelque chose clochait ? Parce que je t'observe depuis un moment et tu n'as pas l'air dans ton assiette.

Il joua un instant à faire tourner son whisky dans son verre.

— Pour être franc, les mariages, ce n'est pas vraiment mon truc, finit-il par répondre.

— Tu es certain qu'il n'y a pas autre chose ? s'enquit-elle, sceptique. Tu ne me regardes même pas quand tu me parles.

Il tourna son visage vers elle et grimaça une moue qui ressemblait vaguement à un sourire.

— Allons, un petit effort, le taquina-t-elle. Tu peux mieux faire.

Comment savait-elle qu'il était perdu dans un flot d'émotions contradictoires ? Avait-elle vraiment le don de le percer à jour aussi aisément ?

— Ne cherche pas, anticipa-t-elle. Je lis en toi comme dans un livre ouvert.

Il se sentait mal à l'aise sous le regard pénétrant qu'elle gardait obstinément rivé sur lui. Lui qui se pensait maître dans l'art de dissimuler ses sentiments, l'un des traits de caractère qui faisaient de lui l'homme d'affaires redoutable et redouté qu'il était !

Il détourna de nouveau les yeux, ne sachant trop quoi rétorquer à cela.

— Je peux même te dire ce qui te tracasse à ce point, poursuivit-elle. Non seulement tu donnerais n'importe quoi pour te trouver à dix mille lieues d'ici, mais surtout, tu regrettes infiniment de m'avoir demandé de t'accompagner à ce mariage.

Il ne pouvait pas lui laisser croire une chose pareille. Il tourna vivement la tête vers elle.

— Tu te trompes, déclara-t-il fermement.

— À quel sujet ? Tu regrettes d'être ici ou tu regrettes de m'avoir amenée ?

— Je ne regrette pas de t'avoir amenée. Au contraire, même, je m'en félicite à chaque seconde. Tu es mon rayon de soleil.

— Tu m'en vois ravie, répliqua-t-elle avec une pointe de malice.

Elle esquissa un sourire amusé qui lui fit penser qu'elle

se moquait gentiment de lui. La perfide. Elle profitait de ce moment d'abattement pour tenter d'assurer sa domination sur lui ? Elle allait voir à qui elle avait affaire !

Il se leva et lui tendit la main dans une courbette faussement obséquieuse.

— Mademoiselle, m'accorderiez-vous cette danse ?

En guise de réponse, elle se leva à son tour et plaça sa main délicate dans la sienne.

— Avec joie.

Il la conduisit jusqu'à la piste de danse où il l'attira à lui. Cette fois, elle ne chercha pas à s'abandonner entre ses bras. Au contraire, elle prit même garde à laisser quelques centimètres les séparer.

Feignant d'ignorer ses réticences, il resserra son étreinte. Elle se laissa enlacer, puis leva sur lui un regard empli de doutes et de questionnements que, cependant, elle ne formula pas tout haut.

Puis, parce qu'elle avait sans doute capté dans ses yeux un désir similaire au sien, il pencha la tête vers elle et cueillit sur ses lèvres un baiser d'une infinie tendresse qui se chargea très vite d'une passion contenue.

Plus il se trouvait en compagnie de Stasia, plus il comprenait qu'il aurait du mal à se passer de sa présence à ses côtés. Sans compter les baisers échangés qui lui donnaient à présent l'envie irrépressible de la posséder corps et âme. Des baisers qui lui faisaient l'effet d'une drogue dure dont il ne pourrait se passer.

Une main lui tapota l'épaule, le faisant à la fois sursauter et revenir brusquement sur terre.

— Il est temps d'y aller, annonça un lointain cousin avec un sourire narquois.

Ce fut ensuite au tour de Yaya qui, elle, lui porta le coup de grâce.

— Vraiment, Roberto, le reprit-elle d'un ton lourd de reproches.

Il fit aller son regard de Stasia à Yaya. Cette dernière le

fixait toujours d'un air réprobateur qui disait clairement qu'il devait présenter des excuses à Stasia. Qu'est-ce qui lui avait pris ? Se donner ainsi en spectacle devant toute sa famille ! Il avait pourtant l'habitude de réfléchir à deux fois avant de faire n'importe quoi.

Mais Stasia posa un doigt sur ses lèvres pour lui interdire de parler.

— Tais-toi, lui intima-t-elle doucement.

— Mais tu ne sais même pas ce que je vais dire, protesta-t-il faiblement.

— Détrompe-toi. Je le sais. Tu veux t'excuser de m'avoir embrassée mais, s'il te plaît, ne le fais pas. Ne gâche pas ce merveilleux baiser.

Vraiment ? Elle ne lui en voulait pas d'avoir franchi les limites ? Celles qui séparent l'amitié de l'attirance physique ? Mieux même, elle le remerciait de l'avoir fait. Que devait-il comprendre ? Qu'elle brûlait du même désir incandescent que lui ?

Cette dernière hypothèse, si elle flattait son ego, refroidit instantanément ses ardeurs. Il se refusait à la rendre responsable de ce désir qui les poussait l'un vers l'autre. De la même façon, il se refusait à lui laisser croire qu'il pouvait donner une suite à ce baiser.

— Stasia…

Voyant qu'elle ouvrait la bouche pour protester, il enchaîna très vite :

— Si c'est ainsi que tu vois les choses, je ne m'excuserai pas. Sache quand même que je n'ai pas pu résister. J'ai agi sur une pulsion incontrôlable. J'ai adoré ce baiser, moi aussi.

— Sans compter qu'il crédibilise notre mensonge.

Il lui savait gré de venir à son secours alors qu'elle n'y était pas obligée.

— Après tout, puisque, aux yeux de tous, nous sommes fiancés, il est normal que nous nous embrassions, poursuivit-elle. C'est le contraire qui pourrait leur paraître étrange. Tu ne crois pas ?

Ces quelques mots suffirent à dissiper le malaise ressenti jusque-là. Il se sentit soudain beaucoup plus léger et détendu. Stasia avait vraiment l'art de mettre les gens à l'aise. C'était bel et bien l'une de ses grandes forces.

Ils continuèrent donc d'enchaîner les danses, serrés l'un contre l'autre, jusqu'à ce qu'ils regagnent leur table, légèrement étourdis.

— Alors, c'est pour bientôt, ce mariage ? leur lança gaiement Gaia aussitôt qu'ils furent assis.

Il se retint tout juste de fusiller sa cousine du regard. Quel besoin avait-elle donc d'aborder ce sujet devant leur grand-mère ? Comme si cette dernière ne se mêlait déjà pas assez de sa vie privée !

— En voilà une bonne question ! s'écria Yaya qui, décidément, ne manquait pas une occasion de le mettre au pied du mur. Oui, dis-nous un peu : pour quand est-il programmé, ce grand jour ?

Chacun autour de la table dégaina son smartphone, se tenant prêt à entrer la date dans son agenda.

Le piège commençait à se resserrer sérieusement sur eux.

— Nous n'avons pas encore fixé de date, répondit-il alors que Stasia lui prenait la main sous la table et la serrait très fort dans la sienne.

Une vive déception se peignit aussitôt sur les traits de Yaya.

— Évidemment, lâcha-t-elle d'un ton sardonique. J'aurais dû m'en douter.

— Te douter de quoi, ma chérie ? s'enquit son mari qui, visiblement, prenait la discussion en route.

— Notre petit-fils ne va pas se marier. En fait, je soupçonne que ces deux-là nous baladent depuis le début. Je suis prête à parier qu'ils ne sortent même pas ensemble. N'est-ce pas, Roberto ? Tu as monté toute cette mise en scène pour te débarrasser de moi.

Roberto avala péniblement sa salive. Il était coincé. S'il persistait dans son mensonge, Yaya ne le lâcherait pas. Elle le persécuterait jusqu'à ce qu'il lui donne une date précise. S'il avouait, elle reprendrait ses recherches de plus belle. Non, vraiment, il ne voyait pas d'échappatoire.

Stasia prit alors la parole.

— Nous ne vous mentons pas, déclara-t-elle d'une voix forte. Roberto et moi sommes vraiment amoureux l'un de l'autre. Notre histoire est sérieuse.

Yaya les regarda tour à tour d'un air encore soupçonneux.

— Sérieuse... Jusqu'à quel point ?

— Ce n'est pas moi qui vais vous apprendre que Roberto déteste étaler sa vie privée en public, répondit-elle en soutenant le regard de Yaya sans ciller. J'étais d'accord avec lui mais, manifestement, le moment est venu de jouer franc jeu.

Yaya en resta bouche bée. Puis, très vite, ses yeux étincelèrent d'espoir et elle battit des mains comme une enfant.

— Alors, c'est vrai ? Vous allez vous marier ?

— Oui, répondit fermement Stasia.

Roberto se liquéfia. Avait-il rêvé ou Stasia venait-elle d'affirmer à sa famille qu'ils allaient se marier ? Il ouvrit la bouche mais aucun son n'en sortit. Son cerveau restait bloqué.

Stasia se tourna vers lui et le gratifia d'un sourire ensorceleur.

— Je suis désolée, chéri. Je sais bien que tu voulais attendre un peu pour annoncer la nouvelle, mais je crois que nous ne pouvions garder le secret plus longtemps.

Comme toujours, ce fut Gaia qui, la première, y alla de son commentaire.

— Surtout, ne lui fais pas de reproches ! Tu ne pouvais tout de même pas exiger de ta future femme qu'elle garde pour elle une telle nouvelle. Imagine un peu ! Ça va être le plus beau jour de sa vie.

Il n'avait pas proféré un mot que, déjà, tout le monde

se mêlait de choisir une date pour célébrer au mieux ce grand jour. Il allait de l'un à l'autre comme un automate, étranger à toute cette effervescence. Quelle curieuse impression que de voir tous ces gens s'agiter autour de lui et débattre pour lui de son propre mariage.

Et puis le couperet tomba. Le mariage serait célébré début août. Yaya était aux anges. Stasia paraissait heureuse. Tout le monde semblait si content pour eux qu'il ne se sentait pas le cœur de gâcher l'euphorie générale. Sans compter qu'avouer à sa famille qu'il n'y aurait pas de mariage mettrait Stasia dans une situation des plus embarrassantes.

La pauvre ne méritait pas de subir les foudres de Yaya, elle qui n'avait agi que pour voler encore une fois à son secours. Car il ne faisait aucun doute que Stasia ne voulait pas plus que lui de ce mariage. Après le drame qu'elle avait vécu, il y avait fort à parier qu'elle ne voudrait pas risquer de souffrir une nouvelle fois.

Quelle femme exceptionnelle ! Qui d'autre qu'elle aurait agi de la sorte, par pur altruisme ? Cette abnégation, dont elle venait de faire preuve, le touchait profondément.

— Si nous allions prendre un peu l'air ? lui proposa-t-il, désireux de fuir toute cette agitation.

— Volontiers.

Elle accepta le bras qu'il lui tendait puis, ainsi serrés l'un contre l'autre, ils déambulèrent le long du canal que la pleine lune éclairait de son disque parfait. Visiblement, ils n'étaient pas les seuls qu'attirait cette promenade romantique.

Ils marchèrent jusqu'à trouver un endroit un peu à l'écart, où ils seraient enfin seuls. Roberto n'était pas d'humeur à partager Stasia plus longtemps. Il la voulait pour lui seul. À quoi – à qui ? – devait-il ce revirement ? Il l'ignorait, mais le fait est que ses certitudes commençaient à vaciller. Était-il vraiment si heureux d'être célibataire ? Que trouvait-il de si attrayant dans cette liberté quand

Stasia, femme aussi belle que généreuse, lui faisait passer des soirées merveilleuses ?

— À quoi penses-tu ? demanda-t-elle soudain. Tu as pu avancer dans ton travail de recherches ?

Comme s'il pouvait avoir la tête aux chiffres dans un moment pareil ! Était-il possible que Stasia, d'ordinaire si intuitive, ne devine pas cette fois les émotions qu'elle faisait naître en lui ?

Il se tourna vers elle. Ils étaient si proches qu'il pouvait sentir son souffle tiède sur sa joue. Il n'allait tout de même pas franchir la ligne encore une fois ! La tentation était pourtant bien forte de l'attirer à lui et de la couvrir de baisers passionnés.

— Je me disais que demain serait notre dernier jour à Venise. Que dirais-tu d'aller visiter tout ce que nous n'avons pas pu voir hier ?

Elle accueillit sa proposition dans un large sourire.

— Avec plaisir. J'en serais ravie.

— Un autre vrai rendez-vous, alors ?

— On le dirait bien, oui, répondit-elle sans lui laisser le temps de rectifier le tir.

Il lui sourit en retour. Il commençait à lui envier sérieusement la faculté qu'elle avait de prendre les choses comme elles venaient, à la légère, sans trop se poser de questions.

Encore un signe que sa perception des choses se modifiait.

— Rendez-vous demain matin sur le pont principal ? suggéra-t-elle la première, en le regardant droit dans les yeux.

— D'accord.

Il résista avec peine au besoin irrépressible de l'envelopper de ses bras et de l'embrasser encore et encore, inlassablement.

— Veux-tu que nous retournions les rejoindre ? À mon avis, tout le monde est parti pour faire la fête jusqu'au bout de la nuit.

Elle secoua la tête.

— Si cela ne te dérange pas, je préfère rester encore un peu ici, puis retourner au bateau.

Le problème, c'était qu'à trop rester en tête en tête avec elle dans un cadre aussi romantique, il risquait d'envoyer valser pour de bon ses bonnes résolutions. Il fallait être de marbre pour garder la tête froide et contrôler ses émotions dans une situation pareille.

Justement, il n'était pas de marbre. Il n'était qu'un homme de chair et de sang qui pouvait perdre la tête pour une femme comme Stasia.

Il se força à penser à autre chose. Au travail qui l'attendait, par exemple. En vain. Il parvenait à se concentrer une poignée de secondes puis, très vite, la présence de Stasia à ses côtés monopolisait ses pensées.

Il eut soudain conscience du fait que ce voyage lui avait ouvert les yeux. Depuis des années, il se mentait à lui-même. Il se disait heureux d'être seul, de se noyer dans le travail, mais Stasia lui avait fait comprendre que la vie ne se résumait pas à cela.

De nouveau, il fut submergé d'un désir intense pour elle. Il brûlait de l'embrasser sans limites, sans témoins. Librement. Sans le poids que sa famille faisait peser sur ses épaules.

Il y avait aussi la promesse tacite faite à Xander de veiller sur Stasia. Pourquoi fallait-il qu'elle soit la sœur de son meilleur ami ? Pourquoi fallait-il qu'il ait fait cette promesse stupide ?

Pour la première fois il n'était plus si certain de vouloir rester célibataire.

Jour 9

Venise, Italie

Où donc était-il passé ?

Stasia avait arpenté le pont principal un nombre incalculable de fois. En vain. Elle n'avait trouvé trace de Roberto nulle part.

S'était-elle trompée sur l'heure ou le lieu du rendez-vous ? Mais plus elle y réfléchissait, plus elle était certaine d'avoir bien compris.

Dans ce cas, où se trouvait-il ?

Elle essaya une fois encore de le joindre par téléphone. Mais elle tomba de nouveau sur sa boîte vocale. C'était tout de même curieux. Cet homme ne se séparait jamais de son smartphone. Et jamais non plus, elle ne l'avait vu l'éteindre.

Les participants à cette sortie touristique avaient déjà quitté le bateau depuis plus d'une demi-heure. Ils ne pourraient jamais les rattraper. Quoique… Cette idée n'était pas pour lui déplaire. Elle préférait largement une visite privée, guidée par Roberto.

Il occupait de plus en plus ses pensées. Par sa faute, elle avait eu un mal fou à s'endormir, la nuit précédente. Chaque fois qu'elle fermait les yeux, elle voyait son visage, sa bouche qui se pressait sur la sienne dans des baisers enflammés et ses bras qui la serraient contre lui pour lui faire sentir la force de son désir.

Chercherait-il à l'embrasser encore ? Elle en avait tellement envie ! Cette seule idée lui faisait battre le cœur plus vite.

Elle inspira une grande goulée d'air. Qu'est-ce qui n'allait pas chez elle ? N'était-elle pas censée être sur ce bateau pour songer à son avenir plutôt que d'échafauder des scénarios improbables qui, sans doute, ne faisaient rêver qu'elle ?

Si Xander la voyait ! Mais justement, il ne pouvait pas la voir. Et ce que l'on ignorait ne saurait faire de mal.

Et puis, elle était une grande fille, à présent. Une grande fille qui n'avait pas besoin que son frère lui dicte sa conduite. Ni ses fréquentations. Enfin, si tant est que la « fréquentation » en question se manifeste.

Elle exhala un soupir teinté de déception et d'inquiétude. Où était Roberto ?

Elle lui envoya un texto. Puis un autre. Puis encore un autre. Tous restèrent sans réponse.

Roberto n'était pas du genre à jouer à ce petit jeu avec elle. Il devait avoir un sérieux problème. Peut-être même était-il malade ?

Elle décida d'aller vérifier s'il se trouvait encore dans sa cabine. Le bateau étant quasiment déserté par tous ses passagers, elle n'eut pas à jouer des coudes pour se frayer un passage ni à attendre trop longtemps pour prendre l'ascenseur. Aussi, quelques minutes à peine après avoir quitté le pont, se retrouva-t-elle devant la porte de Roberto.

Elle frappa deux petits coups discrets.

— Roberto ? C'est Stasia.

Aucune réponse.

Elle pressa l'oreille contre la porte mais là encore, aucun bruit ne lui parvint. Elle frappa de nouveau, cette fois un peu plus fort.

— Roberto ? Tu es là ?

— J'arrive.

Elle fut soulagée d'entendre sa voix. Dieu merci, il ne lui était rien arrivé. Qu'est-ce qui pouvait bien le retenir dans sa cabine, alors ? Elle n'en avait aucune idée.

Enfin, la porte s'ouvrit. Roberto resta immobile. Il semblait n'avoir pas fermé l'œil de la nuit. Tous les signaux étaient là : les cheveux ébouriffés, le regard un brin hagard, les joues ombrées d'une barbe naissante. Mais surtout, il portait les mêmes vêtements que la veille, tout chiffonnés.

L'image ne collait pas avec celle de l'homme qu'il était habituellement, impeccable en toutes circonstances.

Elle fut saisie d'une inquiétude soudaine.

— Tu es malade ? demanda-t-elle.

Pour toute réponse, il fourragea dans son épaisse tignasse puis se passa les mains sur le visage.

— Non, finit-il par répondre.

La réalité la frappa soudain. Ce n'était pas qu'il n'avait pas dormi. Au contraire. Elle venait de le tirer d'un profond sommeil.

— 9 heures, lut-il à sa montre. Oh non ! J'étais censé te retrouver à 8 h 30.

— En effet.

Elle croisa les bras et le fixa d'un regard scrutateur, partagée entre une colère sourde – il l'avait fait attendre et s'inquiéter pour rien – et un profond soulagement – il ne lui était rien arrivé de grave. Ce qui l'amena à lui poser la question qui lui brûlait les lèvres :

— Peux-tu me dire pourquoi tu ne t'es pas changé depuis hier soir ?

Juste à ce moment-là, un couple d'un certain âge passa. La femme eut une moue réprobatrice lorsqu'elle aperçut Roberto, semblant choquée de surprendre un homme aussi séduisant dans une tenue aussi négligée.

Stasia réprima avec peine le fou rire nerveux qui menaçait.

— Ne reste pas dans le couloir, lui intima Roberto après s'être éclairci la gorge. Entre.

Elle ne savait trop à quoi s'attendre en pénétrant dans sa cabine luxueuse. Mais, là encore, la première chose qui la frappa, ce fut le désordre ambiant, qui ne collait pas du tout avec la nature perfectionniste de son occupant.

Un sac de voyage en cuir débordait de vêtements et d'accessoires apparemment flanqués là à la va-vite et donnant à penser que Roberto n'avait pas eu le temps de les ranger avant de venir lui ouvrir la porte.

La table de travail, quant à elle, était en partie occupée par l'ordinateur portable de Roberto et une imprimante, l'autre partie disparaissant sous un monceau de documents imprimés. Certains d'entre eux, jugés sans doute inutiles ou inintéressants, avaient été froissés en boule avant d'être lancés dans une poubelle à proximité.

— Je ne comprends pas, fit-elle d'un air perplexe. Que se passe-t-il ? Tu as travaillé toute la nuit ?

— En effet. Jusqu'à ce que je m'écroule de fatigue au petit matin.

Il massa sa nuque, probablement endolorie, puis fit plusieurs fois rouler ses épaules d'avant en arrière pour en dénouer la tension.

— Tu aurais dû prendre le temps de te reposer vraiment, remarqua-t-elle avant d'ajouter : Tu travailles trop.

Il secoua la tête.

— Ça va.

Elle n'était pas aveugle. Elle voyait bien ses traits tirés, les cernes mauves qui soulignaient ses yeux et son dos légèrement voûté d'être resté trop longtemps penché sur des dossiers. Autant de signes qui indiquaient une fatigue extrême.

Il fallait que quelqu'un se montre franc avec lui et lui fasse comprendre qu'il devait lever le pied, que la vie ne se résumait pas au seul travail. Elle était tout de même bien placée pour savoir que la vie était d'autant plus précieuse qu'elle était fragile : elle méritait qu'on lui consacre des parenthèses de bonheur.

Elle releva le menton puis planta ses yeux dans les siens.

— Non, ça ne va pas.

Il croisa les bras tout en soutenant son regard sans ciller.

— Je suis désolé que ma vie ne te convienne pas mais c'est ainsi que j'aime vivre, rétorqua-t-il, sans pouvoir contrôler le tressaillement de ses mâchoires. Mon travail est très important pour moi.

— Même si le prix à payer en est la solitude ?

Elle n'avait pas eu l'intention d'être aussi abrupte mais tant pis. Elle ne comprenait pas pourquoi un homme comme Roberto, aussi séduisant, intelligent et accompli pouvait faire le choix de vivre seul.

Elle le vit aussitôt se rembrunir. De quel droit jugeait-elle sa façon de vivre ? N'était-elle pas allée trop loin ?

— Et si j'aime ça, vivre seul ?

Elle ouvrit la bouche, désireuse de répliquer, mais cette fois les mots s'étranglèrent dans sa gorge. De quoi se mêlait-elle ?

— Je suis très bien comme je suis, poursuivit-il. L'amour, les fiançailles, le mariage, tout ce fatras de bons sentiments, je le laisse aux autres. Je n'en veux pas.

C'était l'une des choses les plus tristes qu'elle ait jamais entendue. Elle ne pouvait pas rester sans réagir. Il fallait qu'elle tente de le convaincre que, en se cramponnant à de telles croyances, il passait à côté de valeurs essentielles. L'amour, le mariage, les enfants… Tout ce qui, pour elle, n'était pas de vains mots.

— Je suis vraiment navrée que tu raisonnes ainsi, Roberto. Crois-moi, en fondant toute ta vie sur le travail, tu ne sais pas ce que tu rates.

— Et toi ? Comment peux-tu encore croire à ces contes de fées après ce que tu as vécu ?

— J'y crois encore parce que ce n'est pas en rejetant tout en bloc que je me sentirai mieux.

Il hésita à répondre, réalisant sans doute que lui aussi était allé trop loin. Il opina en silence.

Était-ce ce que tout le monde pensait ? Que, compte tenu des souffrances qui pouvaient en découler, les histoires d'amour ne valaient pas la peine d'être vécues ?

Eh bien, il était temps de mettre les choses au clair.

— Je ne regrette pas d'avoir aimé Lukos à la folie, répliqua-t-elle. Grâce à lui, j'ai compris ce qu'était le véritable amour, celui qui vous fait vibrer d'un bonheur presque palpable dans les bons moments et vous anéantit dans les pires.

Elle sentit les larmes lui brouiller la vue alors que des images de Lukos jaillissaient à son esprit, encore vivaces.

— Mais pour rien au monde, je n'échangerais un seul des moments passés avec lui. Il m'a aidée à devenir quelqu'un de bien, enfin, j'aime à le croire.

Une lueur de remords passa dans le regard de Roberto.

— N'en doute pas une seconde, déclara-t-il fermement. Excuse-moi, Stasia. Je n'aurais jamais dû te rappeler des souvenirs aussi douloureux. J'imagine à quel point ce doit être dur.

— Quoi donc ?

— De continuer la route toute seule. De faire ton deuil d'un homme que tu as profondément aimé.

Elle aurait aimé pouvoir lui affirmer le contraire. Que les choses suivaient leur cours de manière naturelle. Mais ç'aurait été lui mentir. Car chaque jour, lorsqu'elle ouvrait les yeux, elle avait l'impression de devoir réapprendre tout ce qu'elle savait jusque-là de la vie. Certes, depuis deux ans, elle avait fait du chemin. Elle était capable de se tenir debout sans croire à tout instant que le monde allait s'écrouler sous ses pieds. Pour parfaire sa guérison, il lui restait maintenant à trouver sa voie.

— J'ai longtemps pleuré mon mari, reprit-elle. C'est bien normal. Il a été une part très importante de ma vie. Mais aujourd'hui, je peux affirmer que je vais de l'avant.

Elle hésita à poursuivre. Oserait-elle se confier totalement à Roberto ? Elle avait tellement envie de parler à quelqu'un d'autre que son frère, toujours si sûr de son jugement, toujours si prompt à lui dicter ce qu'il fallait faire.

Roberto accrocha son regard, donnant l'impression qu'il cherchait à voir la vérité s'y refléter.

— Tu penses vraiment ce que tu dis ? Tu es bien certaine d'aller de l'avant ?

— Lukos aura toujours une place à part dans mon cœur. C'est lui qui m'a fait promettre de ne pas vivre dans le passé, de continuer la route avec tout ce que cela implique. Et c'est ce que j'essaie de faire. Bien sûr que ce n'est pas facile tous les jours. Il m'arrive de regretter de lui avoir fait cette promesse, les jours où je ne souhaite que me recroqueviller sur moi-même et me repasser le souvenir de nos jours heureux en boucle. Mais je sais que le bout du tunnel n'est plus si loin. La confiance revient peu à peu. Je dois à la promesse que je lui ai faite, mais aussi à moi-même, de me tourner résolument vers l'avenir.

Roberto tendit la main vers elle et lui caressa la joue, plein d'une infinie tendresse.

— Tu y parviendras. Parce que tu es douée d'une force de caractère hors du commun.

Ces mots, d'une rare bienveillance, lui firent l'effet d'un baume lénifiant.

— Merci, Roberto. Tu es tellement gentil ! Mais je ne pense pas être aussi exceptionnelle que tu le dis.

— À mes yeux, si.

Son pouls s'accéléra tandis qu'elle s'imaginait approcher sa bouche de la sienne et l'embrasser. Les doutes la retinrent. Si elle se méprenait ? Si Roberto ne lui manifestait qu'une profonde amitié ?

Un silence pesant s'installa entre eux qu'il brisa le premier :

— Je dois me préparer pour notre dernier jour à Venise.

— Je… Je te laisse.

Elle se dirigeait vers la porte lorsqu'elle l'entendit lancer :

— Tu peux rester si tu veux.

Il prit quelques-uns des vêtements qui se trouvaient sur son lit et fila vers la salle d'eau.

— Je vais prendre une douche. Je n'en ai pas pour longtemps.

Elle ressentit une pointe de culpabilité à l'idée qu'elle l'avait dérangé dans son intimité. Sans compter que, en faisant irruption chez lui comme elle l'avait fait, elle l'avait empêché d'avancer dans la tâche que lui avait confiée son grand-père.

Elle aussi avait connu la joie d'avoir un grand-père. Il n'était plus de ce monde, et il lui manquait terriblement. Elle aurait payé cher pour l'avoir de nouveau dans sa vie, pour revivre le lien privilégié qu'elle entretenait avec lui.

Elle reporta son attention sur le bureau encombré de Roberto. Avait-il avancé dans ses recherches ? Elle s'approcha de la table, puis s'assit devant l'ordinateur, brûlant de résoudre ce mystère.

Son regard glissa en direction de la salle d'eau. La porte était fermée, mais elle entendait le bruit de l'eau qui coulait toujours.

Roberto lui en voudrait-il si elle jetait un coup d'œil sur ses dossiers ? Elle verrait bien.

Elle ouvrit l'ordinateur. Aussitôt apparut sur l'écran l'un des tableaux numériques sur lesquels elle s'était penchée. Visiblement, Roberto n'avait pas beaucoup avancé. Il était temps de se remettre au travail ! Avec un peu de chance, et en comptant sur le recul dont elle disposait, elle allait bien finir par trouver autre chose.

— Que fais-tu ?

La voix de Roberto la fit sursauter. Il fixait sur elle un regard interrogateur, les sourcils froncés.

Elle esquissa un sourire coupable comme lorsque, à l'école primaire, elle était prise en faute. Mais elle n'était plus une enfant qui pouvait se laisser impressionner par l'autorité. Elle fixa donc Roberto droit dans les yeux et soutint son regard réprobateur.

— En attendant que tu aies fini, je voulais vérifier une nouvelle fois le tableur que j'ai passé en revue l'autre jour. Roberto, dis-moi si je me trompe, mais il me semble que trouver la réponse à ce problème te tient à cœur. N'est-ce pas ?

Pour toute réponse, il lui offrit un visage devenu blanc comme de la craie. À son silence persistant, elle comprit qu'elle avait vu juste. Elle touchait là un point sensible.

— Tu regrettes d'avoir claqué la porte de la société familiale ? insista-t-elle pour l'encourager à se libérer de ce poids qu'elle sentait peser sur ses épaules.

Le visage de Roberto reprit des couleurs en même temps que ses traits redevenaient lisses. Il haussa les épaules dans un geste qu'elle devina faussement désinvolte.

— J'ai bien essayé de me convaincre que je m'en moquais, finit-il par répondre, mais plus je travaille sur ce dossier, plus je réalise à quel point j'aime ça.

— C'est peut-être le signe que tu dois revenir.

Il secoua la tête tout en glissant ses pieds nus dans une paire de mocassins en cuir souple.

— J'ai accepté d'aider mon grand-père, mais je ne me vois pas réintégrer l'entreprise. Nous n'arrivons pas à nous entendre. Jamais. Sur quelque sujet que ce soit.

— Du temps a passé depuis. Les choses seraient peut-être différentes aujourd'hui.

Elle espéra en secret que les deux hommes parviendraient à régler leur différends. Après tout, pourquoi pas ? Pourquoi un si petit miracle ne pourrait-il pas se produire ?

— Dis-moi ce qu'il faut faire, lui enjoignit-elle.

— Stasia, tu n'as pas à m'assister dans ce travail. C'est très gentil à toi de me proposer ton aide, mais je finirai bien par trouver tout seul.

— Je sais bien que je ne suis pas obligée, rétorqua-t-elle. Mais j'en ai envie.

À deux, ils seraient plus forts. Et s'ils pouvaient régler ce problème avant la date limite fixée par le grand-père de Roberto, ça n'en serait que mieux. Le vieil homme finirait peut-être par accorder à Roberto cette confiance et cette reconnaissance dont il paraissait avoir tant besoin.

— À vrai dire, cette histoire m'intrigue, admit-elle en toute franchise. Nous avons dû passer à côté de quelque chose et je veux savoir quoi.

— Cela t'intéresse vraiment ? insista-t-il, perplexe.

Puis, comme elle opinait, il ajouta avec un sourire amusé :

— Tu as peut-être fini par la trouver, cette voie. Qui sait si tu n'es pas faite pour te lancer dans une carrière de comptable ? Ou mieux, même, de juricomptable.

Elle y réfléchit deux secondes. En effet, elle aimait jouer avec les chiffres, mais pas au point d'y consacrer une large partie de sa vie.

— Je ne crois pas, non, répliqua-t-elle en guise de conclusion. Je ne me vois pas assise toute la journée devant un ordinateur à vérifier des colonnes de chiffres. Dans le cas présent, ce qui m'anime – et m'amuse, je dois bien l'avouer –, c'est de trouver ce qui a bien pu nous échapper.

De ses doigts, Roberto coiffa en arrière ses cheveux encore mouillés.

— Et Venise ?

Elle se mordit la lèvre inférieure. Que choisir ? Elle était tiraillée entre ces deux options, à ses yeux aussi excitantes l'une que l'autre.

Roberto trancha pour elle. Il lui tendit la main pour l'aider à se lever.

— Allez, viens. Il y a plein de parfums de glace que nous n'avons pas encore testés et j'avoue que je referais bien une petite promenade en gondole.

— Mais…, protesta-t-elle mollement.

— Et si tu n'as pas changé d'avis lorsque nous serons rentrés, nous nous plongerons ensemble dans l'étude de ces dossiers. Marché conclu ?

Elle aimait la perspective de ces longues heures qu'il

lui restait encore à passer en sa compagnie. Ils formaient une bonne équipe, tous les deux.

Elle referma l'ordinateur et mit sa main dans celle de Roberto.

— Marché conclu, approuva-t-elle en se laissant entraîner vers la porte.

Au lieu de lui lâcher la main, comme elle s'y attendait, Roberto entrecroisa ses doigts aux siens. Une profonde sérénité l'envahit. Pour la première fois depuis bien longtemps, elle ne se sentait plus seule.

Lorsque Lukos était tombé malade, elle ne s'en était pas aperçue tout de suite, mais elle avait commencé à tout faire seule. Elle profitait des siestes de son mari pour effectuer les courses, ranger la maison ou encore cuisiner.

Peu à peu, insidieusement, elle s'était retrouvée seule au sein même de son couple.

Roberto lui rappelait à quel point il était bon d'être deux.

Jour 10

Sibenik, Croatie

Tout le monde était heureux.

Trop heureux. Et c'était ce qui rongeait Roberto d'inquiétude.

Il avait achevé son petit déjeuner en compagnie de sa grand-mère depuis plusieurs minutes maintenant et il en était encore à se demander pour quelle raison cette dernière l'avait convié à sa table d'aussi bonne heure.

Yaya leva la théière dans sa direction.

— En veux-tu ?

Il secoua la tête tout en consultant l'heure à sa montre de manière ostensible. Il était prévu qu'il passe chercher Stasia pour une nouvelle excursion en famille et il ne voulait surtout pas se mettre en retard.

— Je ne veux pas te retenir plus longtemps, déclara Yaya. Aussi, j'irai droit au but. Je te dois des excuses, mon chéri.

Il la regarda d'un air perplexe.

— Pourquoi ?

— Parce que je ne t'ai pas cru lorsque tu m'as affirmé que tu fréquentais sérieusement Stasia. J'ai vraiment pensé que c'était une manœuvre destinée à me faire renoncer à jouer les entremetteuses. Mais j'ai fini par comprendre que tu ne mentais pas. Il suffit de voir la façon que vous avez de vous dévorer du regard et puis vos visages qui s'éclairent de bonheur, chaque fois que vous vous retrouvez. Ce sont des signes qui ne trompent pas. C'est vrai que je ne t'ai jamais vu aussi heureux. Je suis sincèrement désolée d'avoir douté de l'amour que tu portes à Stasia. Il est évident que vous vous aimez et que tu n'avais pas besoin de mon aide pour trouver la compagne idéale.

Il resta assis sans rien dire, saisi par la teneur de son propos. Yaya était la sagesse incarnée. Avait-elle vu en lui quelque chose qui lui avait échappé ? Était-il possible qu'il soit tombé amoureux de Stasia sans même s'en rendre compte ?

— Mais file, à présent. Tu dois être impatient d'aller la retrouver. À tout à l'heure.

C'était vrai. Il était impatient de revoir Stasia. Mais en était-il pour autant amoureux ?

Troublé, il étreignit sa grand-mère et sortit. Comment s'était-il débrouillé pour laisser la situation lui échapper aussi facilement ? Il se repassa chaque événement important vécu avec Stasia depuis que le bateau avait accosté à Venise : le jour de son anniversaire, le mariage de Gaia, l'annonce officielle de leurs fiançailles.

Le souvenir de Venise resterait à jamais lié à celui de Stasia.

Cette ville était le point de départ de bien des changements survenus dans son quotidien. Comment pourrait-il l'oublier ?

Il repensa à cette photo, si romantique, qui avait conduit à leur second baiser. Il ressentait de manière très vivace le goût de ses lèvres pressées sur les siennes. Des lèvres douces, chaudes, pulpeuses, faites pour être embrassées.

Ce souvenir était si précis qu'il fut submergé par une vague de désir intense qu'il s'empressa de refouler avant de plonger de nouveau dans ses souvenirs. Stasia lui avait paru se sentir parfaitement à l'aise entre ses bras. Plus tard, lorsqu'elle lui avait ouvert son cœur, il n'avait su que se raccrocher à un semblant de réalité.

À quel moment exactement la situation avait-elle dérapé au point qu'il avait accepté d'offrir à Stasia la bague de fiançailles de sa grand-mère ?

Il était très conscient d'avoir joué avec le feu. Mais il s'était senti investi d'une sorte de mission. Il ne savait trop quelle force l'avait poussé à entrer dans le rôle de l'homme épris. Il ne pouvait même pas mettre cette inconséquence sur le dos de la coupe de champagne qu'ils avaient bue. Il lui en fallait tout de même un peu plus pour perdre le sens des réalités !

Depuis, ils s'étaient coulés dans une amitié confortable – voire amoureuse – qui légitimait les gestes normalement réservés aux couples amoureux, mais qu'ils s'autorisaient : s'enlacer, se sourire, s'embrasser.

Où tout cela allait-il les mener ? Et lui, que voulait-il vraiment ?

Il était mal à l'aise. Le piège se refermait sur lui, inexorablement.

Tout à ses pensées, il se fraya un passage parmi la foule des passagers, déjà dense à cette heure pourtant matinale de la journée. Mais il ne voyait rien des gens qu'il dépassait ou qu'il croisait. Il monta les marches qui menaient au pont supérieur comme un automate, sans avoir vraiment conscience de ce qu'il faisait.

Il s'appuya au bastingage et prit une profonde inspiration. L'air marin allait peut-être lui éclaircir les idées. En vain. Des images des trois jours passés à Venise lui revenaient en boucle.

Qu'est-ce qui lui avait pris ? Il aurait dû mettre un terme à cette relation quand il en était encore temps. Aller jusqu'à transmettre à Stasia un bijou de famille, c'était inouï. Et que dire de l'annonce officielle de leurs fiançailles ?

Ding.

L'annonce d'un texto le tira des pensées où il était

plongé. Il fut tenté de l'ignorer, mais il savait qu'il émanait de Stasia qui devait s'étonner de ne pas le trouver au point de rendez-vous prévu.

Que ressentait-il vraiment pour elle ? Et même, à quoi bon creuser la nature de ses sentiments puisque, à l'issue de cette croisière, chacun reprendrait le cours de sa vie ?

Ding.

Il sortit son smartphone de la poche de son jean et lut le nom inscrit sur l'écran. Il ne s'était pas trompé. C'était bien Stasia.

Où es-tu ?

J'ai changé d'avis. Je ne viendrai pas. Je préfère travailler.

Dans ce cas, je n'irai pas non plus.

Mais si, vas-y. Tu vas passer un bon moment.

Non. Je préfère rester avec toi. Je vais t'aider, comme promis.

Je t'assure que ce n'est pas la peine. Va rejoindre mes cousins. Ils t'adorent. Ils doivent t'attendre. Nous nous verrons plus tard.

Un silence tellement long accueillit ce dernier message qu'il se sentit obligé d'ajouter :

Ça va ?

Oui.

Il remit le téléphone dans sa poche et commença à arpenter le pont sans but précis. Un peu d'exercice dissiperait peut-être le sentiment de frustration qui l'avait envahi.

Sans Stasia, le temps lui paraissait infiniment long. Mais il avait bien fait de lui faire faux bond. Se voir tous les jours comme ils le faisaient avait fini par flouter la frontière entre réalité et fiction au point de les plonger tous deux en pleine confusion.

Plus tard, il parlerait à Stasia pour lui annoncer fermement qu'ils devaient mettre un point final à cette comédie.

Il serait très clair, afin qu'elle ne se fasse pas d'illusions. Leurs statuts respectifs étaient incompatibles. Il était un célibataire heureux de l'être ; elle était une veuve qui, malgré ce qu'elle lui avait soutenu, n'avait pas encore fait le deuil de son mari. Sans oublier Xander qui verrait d'un très mauvais œil que son meilleur ami ait des vues sur sa sœur.

Non, décidément, trop d'obstacles se dressaient en travers de leur chemin.

— Roberto ?

Il s'arrêta de marcher et chercha qui pouvait bien l'interpeller ainsi. Il avisa une jeune femme qui lui faisait signe de la main. Elle lui sembla vaguement familière, mais il n'aurait su mettre un nom sur son visage.

Elle s'approcha de lui en souriant.

— Te voilà enfin seul, susurra-t-elle.

Qui était-elle donc pour faire preuve d'une telle familiarité à son égard ?

— Nous nous connaissons ?

— Cela fait bien longtemps que nous ne nous sommes pas vus, expliqua-t-elle sans se départir de son sourire, qu'elle avait charmant. Nous avions l'habitude de nous voir quand j'allais rendre visite à mes grands-parents.

Il la dévisagea attentivement. Il lui fallut un moment mais la réponse jaillit, soudain évidente :

— Non ! La petite Petra !

Le sourire de la jeune femme s'élargit un peu plus.

— Plus si petite.

Ils tombèrent dans les bras l'un de l'autre, sincèrement heureux de s'être retrouvés après un temps qui sembla tout à coup une éternité à Roberto. Cette époque était si lointaine ! Mais il se souvenait très bien à présent. Les grands-parents de Petra avaient la maison voisine de la leur.

La vie vous réservait parfois de ces surprises ! La vie ou…

— Ne me dis pas que c'est ma grand-mère qui t'a

conviée à cette croisière, grommela-t-il avant d'ajouter, comme elle opinait : Je suis désolé. Elle n'aurait pas dû.

Petra balaya ses excuses d'un geste vague de la main.

— Ce n'est pas grave. J'avais besoin de vacances, de toute façon. En tout cas, félicitations ! J'ai entendu dire que tu allais te marier.

— Merci.

Elle leva un sourcil sceptique.

— Cette perspective n'a pas vraiment l'air de te réjouir.

Quand ils étaient enfants, il adorait traîner avec Petra. Véritable garçon manqué, elle prenait la vie à bras-le-corps, voulait toujours avoir le dernier mot… Tout chez elle le fascinait. Il ne trouvait rien d'anormal à ce qu'elle soit devenue avocate – une information émanant de sa grand-mère qui avait vu en cette célibataire séduisante la candidate au mariage idéale.

— Excuse-moi, mais je dois y aller, prétexta-t-il pour couper court à une discussion qu'il ne voulait pas avoir. J'ai été très heureux de te revoir.

Mais à peine avait-il fait quelques pas que, déjà, elle le rejoignait.

— C'est tout ? Nous ne nous sommes pas vus depuis des lustres et tu me plantes là, comme ça ?

Il pivota vers elle et la regarda droit dans les yeux.

— Écoute, Petra, je suis désolé mais j'ai beaucoup trop de choses en tête.

— Allons, laisse-toi faire. Déjeunons ensemble. Je te promets de ne pas te mettre trop de pression. Tu ne me parleras que si tu en as envie. Sache quand même que mes amis disent de moi que je suis une oreille attentive.

Il n'était pas certain de vouloir s'épancher auprès d'elle, surtout pour lui parler de Stasia. Cependant, la perspective de passer un moment à se rappeler le bon vieux temps le séduisait finalement.

Alors, pourquoi pas ?

Quelle mouche avait piqué Roberto ?

Pourquoi avait-il tant insisté pour qu'elle se joigne à sa famille pendant cette sortie touristique alors que lui-même restait sur le bateau ?

Ces questions, restées sans réponse, tournaient en boucle dans la tête de Stasia tandis qu'elle suivait machinalement le petit groupe.

La ville de Sibenik était certes intéressante à visiter, mais Stasia avait un mal fou à rester concentrée sur les explications fournies par leur guide. Elle avait vraiment la tête ailleurs.

À tel point qu'elle prétexta une forte migraine pour pouvoir s'éclipser sans éveiller les soupçons.

Durant tout le trajet jusqu'au bateau, elle chercha ce qu'elle pourrait bien dire à Roberto. Tout s'était si bien passé entre eux jusque-là ! Jusqu'à l'annonce de leurs prétendues fiançailles, réalisa-t-elle. Oui, c'était à partir de là que le comportement de Roberto avait changé. Qu'il avait commencé à devenir distant.

À l'évidence, il s'interrogeait sur la nature de leur relation. Elle pouvait comprendre. Ce n'était sans doute pas dans ses habitudes de sortir avec des femmes compliquées comme elle.

Mais l'idée que Roberto puisse sortir de sa vie lui était insupportable. Il lui plaisait. Il lui plaisait même beaucoup. Et elle aussi lui plaisait. Elle le sentait au plus profond d'elle-même.

À quel moment les choses avaient-elles dérapé ? Car elles avaient dérapé, c'était certain. Peut-être regrettait-il ce baiser qu'ils avaient échangé devant toute sa famille ? Peut-être était-il plongé dans la même confusion qu'elle ?

Elle fonça directement vers la cabine de Roberto et frappa à la porte.

— Roberto, c'est moi, Stasia.

Pas de réponse.

Elle frappa de nouveau. Toujours pas de réponse.

C'était curieux. Elle pensait le trouver là puisqu'il était censé travailler. Le temps était radieux. Peut-être avait-il décidé de s'installer à l'extérieur.

En chemin, elle lui envoya un texto :

Je suis rentrée. Où es-tu ?

Mais là encore, elle n'obtint aucune réponse.

Tout en marchant, elle le chercha du regard. Il ne pouvait pas être descendu à terre. Il ne lui aurait pas fait ça, tout de même. Non. Il était trop déterminé à débrouiller le problème des dossiers que son grand-père lui avait confiés. Il devait donc être quelque part, occupé à travailler. Voilà tout. Elle allait bien finir par le trouver.

Et soudain elle le vit. Il riait aux éclats.

Le regard de Stasia se porta sur la jeune femme qui était assise en face de lui et qui riait elle aussi à gorge déployée, une main posée sur celle de Roberto.

Stasia eut l'impression que l'air venait à manquer dans ses poumons. Elle resta figée, incapable d'esquisser un geste.

Que devait-elle conclure de ce qu'elle voyait ?

Roberto ne retira pas sa main. Au contraire, il se rapprocha de la jeune femme et lui murmura quelque chose à l'oreille. Puis il se remit à lui sourire tout en la regardant droit dans les yeux.

Une poigne glacée enserra le cœur de Stasia tandis qu'elle se mettait à trembler de tous ses membres. C'était donc pour une femme qu'il l'avait laissée tomber ?

Quelle idiote elle avait été de croire qu'il pouvait changer ! Roberto Carrass était un tombeur et le resterait toujours. Jouer le rôle de l'amoureux transi devait sacrément lui coûter avec toutes les femmes qui lui tournaient autour et auxquelles il devait provisoirement renoncer !

Il fallait qu'elle parte de là et vite, avant que le couple la surprenne en train de les épier.

Elle tourna les talons et se précipita vers sa cabine. Puisque Roberto semblait déjà être passé à autre chose, elle allait faire de même. Elle avait un plan de carrière à établir, son avenir à assurer.

Un avenir dont Roberto Carrass n'avait pas l'air de se soucier.

Jour 11

Bari, Italie

La journée avait passé sans que Stasia ait donné signe de vie à Roberto.

Il ne faisait aucun doute qu'elle lui en voulait de lui avoir fait faux bond la veille. Il pouvait la comprendre. Mais avec le recul, il se disait qu'il avait fait le bon choix. Il ne pouvait continuer à fréquenter Stasia d'aussi près quand il savait l'effet qu'elle avait sur lui.

Il ignorait pourquoi il avait tant à cœur de passer du temps avec elle. Il se l'interdisait, mais il s'imaginait quand même l'attirer à lui et la couvrir de baisers jusqu'à lui faire perdre la tête. Il avait beau se rappeler toutes les bonnes raisons qu'il avait de se tenir éloigné d'elle, de ne pas se lancer tête baissée dans une relation amoureuse avec elle, dès qu'il fermait les yeux, c'était son visage qu'il voyait. Dès qu'il sombrait dans le sommeil, c'était elle qui venait hanter ses rêves.

Il avait d'autant plus de mal à accepter de ne plus la voir que, pendant des jours, ils avaient été inséparables. Mais il était seul fautif. Il avait dépassé les bornes et il en payait aujourd'hui le prix fort. Il n'avait pensé qu'à lui. Il n'aurait pas dû céder à la tentation d'embrasser sa bouche pulpeuse. Il aurait dû rester sourd au désir qu'elle suscitait en lui.

Où se cachait-elle donc ?

Il ne pouvait même pas tenter de l'appeler. Par malchance, son téléphone l'avait lâché d'un coup. Il était bien passé à l'atelier de dépannage, mais on n'avait pas pu lui trouver de batterie de rechange. Il devait donc attendre d'être de retour à Athènes pour avoir de nouveau accès à son téléphone.

Fatigué de faire les cent pas dans sa cabine, il se décida à aller prendre l'air sur le pont supérieur. Avec un peu de chance, la brise marine l'aiderait à y voir plus clair.

Il venait de s'installer au soleil lorsqu'une voix familière l'interpella.

— Bonjour, lança sa grand-mère en s'installant d'autorité dans le transat voisin du sien.

— Bonjour, Yaya. Je te croyais partie visiter Bari avec les autres.

Elle laissa échapper un soupir chargé de résignation.

— J'aurais bien aimé mais, malheureusement, mes vieux os m'ont rappelée à l'ordre. Je ne suis plus toute jeune. J'ai besoin d'une journée de repos.

Roberto acquiesça.

— Je croyais que tu serais avec Stasia, poursuivit la vieille dame.

— Je… Je ne l'ai pas revue depuis hier.

Le visage de Yaya afficha une franche inquiétude.

— C'est curieux.

— Qu'y a-t-il de si curieux ? Et pourquoi as-tu l'air inquiète ?

— Parce que, hier, elle n'a pas terminé la visite avec nous. Elle nous a quittés précipitamment en nous disant qu'elle avait mal à la tête. J'ai pensé que c'était une excuse, qu'elle avait envie de te retrouver. Elle n'est donc pas rentrée pour te voir ? demanda-t-elle en fixant sur lui un regard de plus en plus soucieux.

Il secoua la tête.

— C'est étrange, tout de même.

Il fut à son tour saisi d'une vive inquiétude à laquelle se

mêla une pointe de culpabilité. Si Stasia n'était pas passée le voir, c'était peut-être qu'elle était vraiment malade. Pendant ce temps, lui ne s'était inquiété que de lui et de la tournure que prenait leur relation. Peut-être même avait-elle essayé de le joindre et, avec son téléphone hors d'usage, il n'avait pas eu accès à ses appels.

Il se leva d'un bond.

— Excuse-moi, il faut que j'aille voir si elle va bien.

— Va, va, mon chéri, acquiesça Yaya en esquissant un geste vague de la main. J'espère que...

Il n'entendit pas la suite. Déjà, il se précipitait en direction de la cabine de Stasia. L'idée d'être injoignable alors qu'elle pouvait avoir besoin d'aide lui était insupportable.

N'ayant pas la patience d'attendre l'ascenseur, il descendit quatre à quatre l'escalier qui menait au couloir. Il se déplaçait rapidement, évitant avec adresse les passagers qui le précédaient ou ceux qu'il croisait.

Lorsqu'il arriva enfin devant sa porte, son cœur battait à tout rompre. Il frappa plusieurs coups fébriles.

— Stasia ? Stasia ?

Aucune réponse. Il frappa plus fort.

— Stasia, ouvre !

La porte s'ouvrit enfin sur Stasia. Son visage ne portait aucune trace de maquillage et elle avait attaché ses cheveux en une queue-de-cheval lâche. Elle portait ce qui lui tenait sans doute lieu de pyjama – un caraco en soie noir au décolleté plongeant assorti d'un short en soie, noir lui aussi, qui dévoilait ses longues jambes fuselées.

Dieu qu'elle était belle et désirable !

— Roberto ! Qu'y a-t-il ? Qu'est-ce qu'il te prend de tambouriner à ma porte de cette façon ?

Il remarqua tout de suite les cernes mauves qui soulignaient ses yeux dans son visage très pâle. Il avait vu juste. Quelque chose clochait.

— Yaya m'a dit que tu ne te sentais pas très bien. Je voulais voir comment tu allais.

Elle plissa les yeux et garda la porte légèrement entrebâillée pour l'empêcher d'entrer.

— L'aurais-tu remarqué si elle ne t'avait rien dit ?

— Ce qui sous-entend ?

— Que cette mascarade est terminée. Tu n'as qu'à demander à la femme avec qui tu avais l'air de passer du bon temps au restaurant hier, après m'avoir laissée tomber, de prendre la relève. Moi, j'arrête.

Sur ces mots, elle chercha à lui claquer la porte au nez mais il l'en empêcha en coinçant son pied dans l'entrebâillement.

— Stasia, de quoi parles-tu ?

Comme elle s'éloignait de la porte, il en profita pour la suivre à l'intérieur.

— Stasia, je ne comprends pas.

Elle fit volte-face pour se camper devant lui, les yeux brillant d'une colère contenue.

— N'essaie pas de nier, veux-tu. Je suis rentrée plus tôt hier parce que je culpabilisais de me promener alors que je te croyais enfermé dans ta cabine, occupé à travailler. Imagine un peu ma surprise lorsque je t'ai vu déjeuner en compagnie de cette femme sublime. Crois-moi, vous n'aviez pas l'air de vous ennuyer !

— Tu nous as vus ?

Elle opina.

— Franchement, je ne te croyais pas aussi sournois.

— C'est dommage que tu ne sois pas venue nous rejoindre, rétorqua-t-il. Je t'aurais présentée.

Elle secoua énergiquement la tête.

— Je n'ai pas envie que tu me présentes à tes maîtresses, figure-toi.

C'était donc ce qu'elle s'était imaginé ? Que Petra était sa maîtresse ?

En scrutant son visage, il vit dans son regard un mélange de colère et de tristesse. Que devait-il comprendre ? Qu'elle avait pris au sérieux le baiser qu'ils avaient échangé devant sa famille ? Qu'elle était jalouse ? Les deux, sans doute.

— La femme avec qui tu m'as vu s'appelle Petra et elle n'est pas ma maîtresse.

Stasia ouvrit la bouche pour répliquer, mais aucun son n'en sortit. Elle la referma, pinçant les lèvres. Toute une palette d'émotions passa alors sur ses traits délicats.

Elle finit par se planter devant lui, poings sur les hanches et le menton fièrement relevé.

— Tu es en train de me dire que cette fille ne t'intéresse pas ?

Elle était si éloignée de la vérité qu'il ne put s'empêcher de rire.

— Absolument. Enfin, pas comme tu l'entends. Je considère Petra comme une petite sœur.

La colère céda le pas au scepticisme.

— Une petite sœur ?

Il opina avant de préciser :

— Ses grands-parents étaient voisins des miens. Chaque fois qu'elle venait pour les vacances, nous jouions ensemble.

— Tu… Tu veux dire que vous êtes amis d'enfance ?

Il acquiesça.

— Et plus tard, vous n'avez jamais couché ensemble ?

— L'idée ne m'a même pas traversé l'esprit. Je n'ai jamais considéré Petra comme une conquête potentielle et je crois pouvoir affirmer que la réciproque est vraie. Ma grand-mère l'a conviée sur ce bateau en pensant que je pourrais changer d'avis, mais elle s'est trompée.

— Je ne comprends pas. Si tu n'intéresses pas Petra, pourquoi a-t-elle accepté de participer à cette croisière ?

— Parce qu'elle avait besoin de vacances et que Gaia et elle sont très amies. Elle était surtout ravie d'être invitée à son mariage.

Le visage de Stasia reflétait à présent un profond soulagement.

— C'est vrai ? Elle ne t'intéresse pas ?

Il s'approcha d'elle puis, lorsqu'il fut assez près, tendit la main pour lui caresser tendrement la joue.

— C'est la stricte vérité. La seule femme qui m'intéresse sur ce bateau, Stasia, c'est toi.

— Vraiment ?

— Vraiment.

L'heure n'était plus aux doutes ni à l'introspection. Roberto fit ce que lui dictait son cœur. Il enroula les bras autour de la taille fine de Stasia et l'attira à lui. Puis, la sentant confiante et consentante, il se pencha sur son visage et pressa les lèvres sur les siennes.

Il avait trop longtemps refoulé ses sentiments. La voir se soucier de lui comme elle l'avait fait, puis la savoir jalouse le touchait à l'extrême. Jamais aucune femme ne l'avait ému à ce point.

Ils laissaient à présent libre cours au désir qu'ils avaient trop longtemps contenu. Leurs bouches se prenaient dans une succession de baisers ardents, ne se quittant que pour se reprendre plus passionnément encore.

Les mains fébriles de Stasia glissèrent de la nuque de Roberto à son dos avant de s'attarder au creux de ses reins, lui procurant de délicieux frissons de désir. Il pria en silence pour que le plaisir qu'elle lui donnait ne s'arrête jamais.

Sans lâcher ses lèvres, il chercha la porte à tâtons et la referma sur eux. Il allait rassurer Stasia, lui montrer qu'aucune autre femme ne comptait. Qu'elle était la seule. L'unique.

Mais avant d'aller plus loin, il devait avoir la certitude que c'était bien ce qu'elle voulait, elle aussi.

— Stasia…

Elle planta dans le sien son regard voilé de désir.

— J'ai envie de toi, Roberto, déclara-t-elle dans un souffle.

Ce fut elle, cette fois, qui pressa leurs corps l'un contre l'autre et le fit taire d'un baiser enflammé.

Jour 12

Crotone, Italie

Le lendemain matin, aussitôt réveillée, Stasia chercha Roberto à tâtons. Sa place, à côté d'elle, était vide et froide.

Elle s'assit d'un bond et balaya sa cabine du regard.

Roberto n'était plus là.

Elle ferma les yeux, s'exhortant à calmer les battements affolés de son cœur et à endiguer le flot d'émotions contradictoires qui la submergeaient.

Pourquoi s'était-elle imaginé qu'il agirait autrement avec elle ? Elle connaissait pourtant sa réputation de séducteur invétéré. Un play-boy qui enchaînait les conquêtes sans états d'âme. Pourquoi avait-elle eu la prétention de croire qu'il la considérerait différemment des autres ?

Elle se rallongea et remonta le drap sur elle d'un geste sec et rageur qui fit voleter sur le sol un bout de papier qu'elle n'avait pas vu jusque-là. Elle se pencha pour le ramasser et lut, le cœur palpitant d'espoir, ce que Roberto y avait griffonné.

Bonjour, bellissima. Une petite affaire à régler avant notre visite du jour. À tout de suite. Roberto.

Ce petit mot aurait dû la rassurer ou tout au moins faire flotter sur ses lèvres un sourire amusé. Mais non. Elle ne pouvait s'enlever de la tête qu'elle n'était pour Roberto qu'une passade, une aventure qui ne durerait pas plus que les précédentes.

Ce n'était pas la réaction à laquelle elle s'était attendue. À vrai dire, elle n'avait pas réfléchi au-delà de ce que lui dictaient ses sens. En se jetant à la tête de Roberto comme elle l'avait fait, elle n'avait fait qu'écouter le désir intense qui l'avait submergée aussitôt qu'il l'avait embrassée.

Depuis Lukos, elle n'avait connu aucun autre homme. Roberto était le premier à qui elle avait ouvert son lit – et son cœur. Elle attendit l'inévitable pointe de culpabilité que cette réalité aurait dû susciter. En vain. Elle ne se sentait coupable de rien.

Après tout, Roberto n'était pas un étranger. Elle le connaissait depuis longtemps et ils étaient devenus très proches sur ce bateau. Le problème, c'était que leur relation allait désormais au-delà d'une simple amitié. La nuit qu'ils venaient de passer ensemble changeait clairement la donne. Leur prétendue relation était devenue bien réelle.

Elle sentit un nœud d'angoisse se former au creux de son ventre. Où tout cela allait-il les mener ? Jusqu'où était-elle prête à aller ?

Elle n'avait pas les réponses à ses questions.

Sa seule certitude, c'était qu'elle allait au-devant de grandes complications.

Crotone était une ville riche de monuments historiques.

Pourtant, Roberto ne voyait rien des richesses qui les entouraient ni n'entendait les commentaires de leur guide. Il n'était conscient que de la présence de Stasia à ses côtés. Une Stasia étonnamment calme.

Il savait pourtant que leur nuit était pour elle un grand pas en avant. Il avait tellement craint qu'elle se détourne de lui. Son appréhension était si grande qu'il n'avait même pas songé aux implications de cette nuit sur lui. Sur sa vie.

Jusque-là, il avait privilégié les aventures sans lendemain, mais les choses étaient différentes avec Stasia. Il n'y avait pas un mur, pas une barrière qu'elle ne pouvait escalader. Elle qui lisait toujours en lui comme dans un livre ouvert, elle saurait encore une fois sonder son âme.

Stasia lui faisait perdre ses repères. Il ne savait pas comment réagir. Elle avait déjà beaucoup souffert à la mort de son mari. Il s'en voudrait de lui infliger des souffrances supplémentaires. Pourvu qu'il ne soit pas déjà trop tard.

Souhaitant donner une autre orientation à ses pensées, il entama une discussion – ou plutôt un monologue – sur le travail de recherches qu'il avait poursuivi pour son grand-père. Mais, très vite, il remarqua le peu d'intérêt que Stasia manifestait à ce qu'il disait. Elle semblait ailleurs.

— Assez parlé de travail, décréta-t-il d'un ton qu'il voulait léger. Tu sembles préoccupée, Stasia. Quelque chose ne va pas ?

Elle lui adressa un sourire distrait.

— Non. Tout va bien.

Il opina en silence. Il allait leur falloir un peu de temps pour donner un sens à ce qu'ils avaient vécu.

Lorsque le guide eut terminé son discours et qu'ils se remirent en route, il prit la main de Stasia qu'il garda captive un long moment.

— Tu sais, ajouta-t-il après un moment, j'ai compris que nous avons beaucoup parlé de moi et de mes problèmes ces derniers jours. Il est grand temps que je m'intéresse aux tiens. Où en es-tu de tes recherches ? As-tu enfin trouvé ta voie ?

— Peu importe, rétorqua-t-elle d'un ton sec qui le surprit.

— Tu m'as beaucoup soutenu et j'aimerais t'aider à mon tour, insista-t-il. Si tu as besoin de quelqu'un pour te souffler de nouvelles idées, je suis ton homme. Je pourrais passer quelques coups de fil ou… je ne sais pas… faire jouer mes relations. Si tu veux que…

— Arrête, le coupa-t-elle en lui adressant un sourire

qu'il devina forcé. Je suis très touchée. Vraiment. Mais je dois trouver ma voie toute seule.

— Un petit coup de pouce, ça ne peut pas faire de mal, si ? Et puis, j'ai un recul que tu n'as pas.

Elle le regarda fixement, semblant hésiter.

— Pourquoi pas, après tout ? lâcha-t-elle enfin.

Il afficha un sourire satisfait. Il était touché qu'elle accepte la main qu'il lui tendait. Car s'il savait que son avis comptait, c'était en général dans un cadre strictement professionnel, lorsqu'il s'agissait de traiter des affaires importantes. Cette fois, cela concernait un sujet plus personnel. Tout ce qu'il s'était appliqué à éviter jusque-là.

— Par quoi commençons-nous ? lança-t-il d'un ton enjoué.

Elle prit quelques secondes de réflexion, puis demanda :

— À ton avis, pour quel métier suis-je faite ?

— Je ne peux pas répondre. Mais je peux te poser les bonnes questions qui t'aideront à avancer, s'empressa-t-il d'enchaîner lorsqu'il la vit ouvrir la bouche pour objecter. Par exemple, qu'est-ce qui te rendait heureuse dans le passé ?

Ils se remirent en marche en silence. Il se tut, la laissant réfléchir à la question qu'il venait de lui poser.

— C'est compliqué, répondit-elle enfin. Lorsque j'étais enfant, j'adorais jouer à la marchande.

— Vraiment ?

Il avait affiché un air si surpris qu'elle s'en offusqua.

— Qu'est-ce que tu crois ? Je n'ai pas toujours été une enfant gâtée.

Il ouvrit la bouche pour répliquer, mais la referma aussitôt. De toute façon, quoiqu'il dise, il serait pris au piège. Dans ces conditions, mieux valait se taire et laisser Stasia poursuivre.

— La vérité, c'est que mon grand-père nous a toujours appris, à mon frère et à moi, qu'il ne fallait compter que sur nous-mêmes.

— Très bonne philosophie de vie, approuva-t-il. Tu

disais donc que la vente t'intéressait. Dans ce cas, pourquoi n'ouvrirais-tu pas une boutique ?

Elle inclina légèrement la tête de côté puis décréta :

— Non. Gérer une boutique, ce n'est pas pour moi.

— Alors par quoi d'autre étais-tu attirée ?

— Je me rappelle qu'à l'université, je travaillais à la bibliothèque pendant mes heures libres. Mais j'ai beau adorer la lecture, je ne me vois pas enfermée dans une salle toute la journée.

— Ce n'est pas grave. Continue.

En guise de réponse, elle poussa un soupir lourd de frustrations.

— Je crains bien que ce soit tout. Je me suis mariée avec Lukos peu de temps après avoir achevé mes études. Et puis, il est tombé malade et m'occuper de lui me prenait toutes mes journées. Mais j'y pense…

Quelque chose dans l'inflexion de sa voix lui fit pressentir que le moment était important. Il s'arrêta, obligeant Stasia à faire de même.

— Vas-y. Dis-moi.

Elle secoua la tête.

— Non, rien.

— Mais si. Vas-y.

— Je pensais à Lukos, lorsqu'il était à l'hôpital.

Roberto s'en voulut de l'avoir poussée à parler. À trop insister, il l'avait conduite à se replonger dans un passé horriblement douloureux.

— Je suis désolé.

— Ce n'est pas ça. Lorsqu'il devait être hospitalisé plusieurs jours d'affilée pour subir ses séances de chimiothérapie, Lukos ne voulait pas que je reste auprès de lui. Alors, pour tuer le temps, je traînais dans les couloirs. Au cours de mes déambulations, j'ai fait la connaissance d'un groupe de bénévoles qui se consacraient aux grands malades.

Ce souvenir amena sur ses lèvres un sourire qui semblait aussi attendri que nostalgique.

— Ce sont des gens incroyables, d'une rare bienveillance, continua-t-elle. J'ai fini par intégrer leur groupe. Au début, je ne faisais que les accompagner, puis j'ai commencé à participer, de manière plus pratique. Plus je côtoyais ces malades, plus je les admirais, comme j'admirais mon mari. Eux qui auraient eu toutes les raisons de se plaindre débordaient au contraire d'enthousiasme et de joie de vivre.

— Tu en parles avec beaucoup d'émotion.

— C'est vrai. Mais c'est parce qu'ils me touchent beaucoup.

— La façon dont ton visage s'éclaire lorsque tu en parles en dit long sur ce que tu ressens.

— Pourtant, je ne faisais rien de particulier. Je leur offrais des livres, des friandises, des jeux, bref, tout ce qui pouvait les distraire un peu d'une réalité difficile.

— Comment te sentais-tu alors ?

Elle haussa les épaules, se donnant sans doute le temps de choisir ses mots.

— J'étais heureuse de les voir sourire et de me dire que c'était un peu grâce à moi. Mais plus que tout, j'aimais lorsqu'ils me confiaient leurs soucis. Ces gens sont très isolés du monde réel, ils ont un très grand besoin de parler à quelqu'un de leurs doutes, de leurs peurs.

— Eh bien, voilà ! Je crois que tu as la réponse à ta question.

— Que veux-tu dire ?

Il prit ses mains entre les siennes et les pressa doucement.

— Tu es la personne la plus généreuse, la plus charitable et la plus serviable que je connaisse. J'ai vu sur ton visage à quel point ce travail de bénévole te tenait à cœur. À mon avis, c'est ce vers quoi tu devrais te diriger : l'aide aux personnes en détresse.

— Tu crois que je devrais retourner à l'hôpital pour leur proposer mon aide ?

— Ça ou autre chose. Pourquoi ne pas créer ta propre structure ?

Elle fixa sur lui un regard ébahi, avant de secouer la tête.

— Non. Je ne pourrai pas.

— Pour quelle raison ? Tu me l'as dit toi-même, tu as l'art et la manière d'écouter les gens. Tu es à l'aise avec les chiffres, ce qui n'est pas négligeable et, si tu as besoin de donateurs – et tu en auras forcément besoin –, je serai parmi les premiers. Tu pourras aussi compter sur Xander, mais cela, tu le sais bien.

Ses yeux se remplirent d'espoir.

— Tu es sérieux ?

— Bien sûr que je suis sérieux. Le monde où nous vivons a besoin de gens comme toi, disposés à aider les autres, à soulager leur détresse. Je ne connais rien de plus gratifiant que…

— Ou de plus douloureux, le coupa-t-elle. J'ai déjà perdu un mari. Alors, m'attacher à des gens pour les voir peut-être partir un jour…

L'enthousiasme de Roberto retomba comme un soufflé. Il s'était laissé prendre par son regard empli d'espoir, oubliant ce qu'elle avait enduré. Perdre son mari était sans doute une épreuve dont elle ne se remettrait jamais tout à fait et lui, pauvre idiot, il n'avait rien trouvé de mieux que de lui proposer de revivre ce cauchemar au quotidien ! Mais où avait-il donc la tête ?

— Oublie ce que j'ai dit. Ce n'était pas une bonne idée.

Ruminant sa maladresse, il se remit en route, Stasia sur ses talons.

La journée avait filé à toute allure.

Le soleil commençait sa lente descente vers l'horizon lorsque Stasia et Roberto regagnèrent le bateau. À voir les nombreux passagers qui se pressaient dans la même direction qu'eux, c'était l'heure du retour pour tout le monde.

Tous riaient, parlaient avec entrain, affichaient le même air réjoui. Visiblement, chacun était heureux de la journée qu'il avait passée.

— Encore une journée merveilleuse ! s'extasia-t-elle. Qu'en dis-tu ?

— Qu'elle n'est pas aussi merveilleuse que toi, rétorqua Roberto en enroulant un bras autour de son épaule pour l'attirer contre lui.

— Sérieusement.

— Sérieusement ? C'était magnifique. Mais la nuit que nous avons passée ensemble n'était pas mal non plus, ajouta-t-il en riant.

Stasia esquissa un sourire amusé autant que flatté. Elle découvrait chaque jour une facette de la personnalité de Roberto qui la ravissait. Aujourd'hui, il s'était montré plein d'entrain et d'humour. De plus, une fois terminée la visite des vestiges de Crotone, il avait insisté pour qu'ils se fassent prendre en photo, enlacés et souriants. Ensuite, il avait pris son temps pour visiter le château de Charles V, s'arrêtant un long moment devant chaque icône, chaque parchemin sacré, chaque recueil relié à l'or fin.

Il lui avait donné l'impression de s'intéresser vraiment à ce qu'ils découvraient ensemble et pas seulement dans le but de lui faire plaisir. Il lui apprenait sans cesse qu'elle n'était pas morte avec Lukos, qu'elle était en vie et libre de vivre sa vie comme elle l'entendait. Le sentiment de culpabilité qui avait si longtemps accompagné chaque moment de bonheur sans lui la quittait peu à peu.

De plus, Roberto n'exerçait jamais aucune pression sur elle. Il faisait montre d'une patience à toute épreuve, n'exigeant rien d'elle, l'acceptant juste telle qu'elle était.

Délaissant un instant ses pensées, elle s'écarta pour laisser passer le flot de passagers qui embarquaient en même temps qu'eux. Elle en profita pour lancer un coup d'œil complice à Roberto. Quand elle repensait à la scène qu'elle lui avait faite la veille – pour rien, en plus –, elle avait honte. Elle ne se savait pas aussi jalouse.

— Tu devrais faire attention, le prévint-elle. À force d'être couverte de compliments, je vais finir par m'y habituer. Et surtout, par croire à ce que tu dis.

Une lueur amusée passa dans son regard.

— Si je te complimente, c'est que tu le mérites, répliqua-t-il.

Elle secoua la tête, un peu mal à l'aise d'être ainsi l'objet de tant d'attentions.

— Pas tant que cela, se défendit-elle en fuyant son regard. Tu exagères.

Roberto plaça un doigt sous son menton et le releva jusqu'à ce que leurs regards se croisent.

— Je suis sincère, Stasia, déclara-t-il avec une pointe de gravité.

Il pencha la tête vers elle et cueillit un baiser sur ses lèvres. Les battements de son cœur redoublèrent d'intensité tandis qu'elle s'abandonnait à cette douce étreinte. Il lui serait si facile de croire qu'ils vivaient le début de quelque chose de spécial.

Elle n'entendit bientôt plus le son des voix qui les entouraient. Elle se moquait bien d'être embrassée au beau milieu de cette foule. Car pour l'heure, plus rien ne comptait que le couple réel qu'elle formait avec Roberto.

— Roberto.

Ils s'écartèrent brusquement au son de cette voix désapprobatrice qui semblait les rappeler à l'ordre. De quel droit les dérangeait-on ainsi ? Ils avaient tout de même passé l'âge d'être réprimandés pour quelque chose qui ne regardait qu'eux !

Au lieu de s'indigner tout haut, elle se tourna en même temps que Roberto vers l'importun, en l'occurrence son grand-père. Immobile, ses sourcils broussailleux froncés presque à se toucher, il faisait peser sur eux son regard pénétrant autant qu'éloquent. Manifestement, le vieil homme n'approuvait pas les effusions publiques. Eh bien, il faudrait qu'il s'habitue ! Car ce n'était pas lui qui l'empêcherait d'embrasser Roberto si l'envie la prenait de le faire. En public ou en privé.

— Quelle surprise, maugréa-t-il. Je te cherche depuis un moment mais je ne pensais pas te trouver ici. J'ai tenté à plusieurs reprises de te joindre sur ton téléphone mais, chaque fois, je suis tombé sur ta boîte vocale.

Il s'était exprimé d'un ton glacial, lourd de reproches.

Roberto perdit soudain de sa superbe. Il se passa une main nerveuse dans les cheveux, donnant l'impression d'être un petit garçon pris en faute à qui l'on demanderait de rendre des comptes.

— Bonjour, grand-père. Tu ne risquais pas de me joindre. Mon smartphone est en panne de batterie.

Cette information fut accueillie par un silence pesant que Stasia rompit la première.

— Nous rentrons juste de la visite de Crotone, dit-elle d'un ton léger destiné à alléger l'ambiance. C'est une ville très intéressante. Vous connaissez ?

Le vieil homme ne daigna pas lui répondre. À peine l'effleura-t-il du regard avant de reporter son attention sur son petit-fils.

— Je pouvais toujours te chercher ce matin, lui assénat-il, toujours sur le même ton. Je vois que nous n'avons pas les mêmes priorités.

— J'avais envie de visiter la ville avec ma fiancée, se justifia Roberto qui attira aussitôt Stasia à lui.

Le regard méfiant de son grand-père alla plusieurs fois de l'un à l'autre.

— Tu veux me faire croire que cette relation existe vraiment ? Que ce n'est pas une ruse destinée à dissuader ta grand-mère de se mêler de tes affaires ?

— Bien sûr que non. D'ailleurs, ne viens-tu pas de nous surprendre en train de nous embrasser ?

L'entendre formuler de manière aussi désinvolte le moment d'intimité qu'ils venaient de vivre blessa Stasia. C'était un peu comme si Roberto se forçait à essayer de donner à ce baiser une réalité qui n'existait pas. Ou plutôt, qui n'existait que pour son entourage. Elle-même avait du mal à y croire, d'ailleurs. N'était-elle pas en train de se laisser prendre au jeu, tout simplement ?

Les traits du visage du vieil homme, jusque-là tendus, se lissèrent d'un coup. Enfin, il se tourna vers elle.

— Je suis désolé de vous importuner, s'excusa-t-il d'un ton contrit. Pardonnez-moi d'avoir douté de vous. Cela crève les yeux que vous êtes très heureux ensemble.

— C'est le cas, en effet, confirma-t-elle.

Elle accompagna ces mots d'un sourire radieux destiné à le convaincre tout à fait. Visiblement rassuré sur ce point, le vieil homme s'adressa de nouveau à son petit-fils.

— Excuse-moi d'insister, reprit-il d'une voix radoucie, mais je voulais discuter avec toi des dossiers que je t'ai transmis. Tu as pu avancer comme tu voulais ? J'imagine que oui, sans quoi tu ne serais pas parti faire du tourisme.

Stasia sentit le corps de Roberto se raidir. Elle chercha à toute allure une excuse à avancer qui éviterait que les esprits s'échauffent.

— C'est ma faute, déclara-t-elle dans l'urgence, à court d'inspiration.

Les deux hommes braquèrent leur regard sur elle.

— C'est moi qui ai insisté pour que Roberto m'accompagne, précisa-t-elle. Si vous devez être en colère contre quelqu'un, c'est contre moi. Je suis seule responsable. Roberto n'y est pour rien.

L'intéressé la considéra un instant en silence avant de voler à son secours.

— C'est faux, assura-t-il d'un ton qui n'entendait pas être discuté et qui disait clairement que cette bataille, c'était à lui et à lui seul de la livrer. Tu ne m'as pas forcé.

Je suis venu avec toi parce que j'en avais envie alors que j'étais très conscient que j'avais ce travail à finir.

— J'avais promis de l'aider, plaida-t-elle encore.

— L'aider ?

Les sourcils du vieil homme s'étaient arqués de nouveau en même temps que le ton était redevenu implacable.

— C'est vrai, Roberto ? Tu as besoin d'aide ?

Affolée, voyant la situation s'aggraver par sa faute, Stasia essaya de rattraper sa maladresse.

— Ce n'est pas ce que j'ai voulu dire. Je voulais simplement…

— Stasia, arrête. Tu ne dois aucune explication à mon grand-père.

Mieux valait se taire, en effet, si elle ne voulait pas s'empêtrer dans des explications qui ne pourraient que les desservir. À contrecœur, elle serra donc les dents, frustrée de ne pouvoir être d'aucune aide à Roberto.

Ce dernier redressa fièrement les épaules et affronta sans ciller le regard courroucé de son grand-père.

— Tu ne m'as donné aucune précision quant à la manière dont je devais mener ce travail, se justifia-t-il. D'ailleurs, je ne l'aurais pas supporté. En fait, si j'ai accepté de t'aider, c'est parce que je le voulais bien et pas parce que je m'y sentais obligé.

À présent qu'elle était témoin de cette scène, elle comprenait mieux pourquoi Roberto avait renoncé à travailler pour son grand-père. Ils avaient le même caractère bien trempé, chacun campant fermement sur ses positions. Dans ces conditions, l'affrontement était inévitable.

— Dois-je comprendre que tu me laisses tomber ? Encore une fois ?

Un silence de plomb s'ensuivit durant lequel Roberto semblait peser les options qui s'offraient à lui.

— Je vais terminer ce que j'ai commencé, finit-il par lâcher. Et avant que tu me poses de nouveau la question, oui, Stasia va me donner un coup de main.

— Je te rappelle que ces dossiers sont confidentiels.

— Je le sais. Je sais aussi que je voue à Stasia une confiance absolue. Stasia, ajouta-t-il en s'adressant à elle, tu veux bien nous laisser seuls un instant ?

Elle acquiesça avant de s'éloigner de quelques pas, espérant que les deux hommes allaient régler le différend qui les opposait ou, tout au moins, qu'ils parviendraient à mettre les choses à plat.

La famille, qu'elle soit de sang ou de cœur, était à ses yeux ce qu'il y avait de plus précieux.

Roberto en avait plus qu'assez.

Au lieu de lui être reconnaissant, son grand-père, une fois de plus, critiquait la façon dont il gérait son travail.

Pourquoi en avait-il douté ? Pourquoi avait-il bêtement cru que les choses se passeraient différemment cette fois ? Rien ne changerait entre eux. Jamais. Ils ne s'entendaient pas et ce constat le conforta dans l'idée qu'il avait bien fait de claquer la porte de la société familiale pour rejoindre Xander.

Une fois Stasia hors de portée de voix, il se tourna vers son grand-père et le fusilla du regard.

— Ne me refais plus jamais ça, grommela-t-il d'un ton sourd.

— Quoi ? répliqua le vieil homme avant de réaliser à quoi Roberto faisait allusion. Ah… Tu veux parler de Stasia. J'ai bien vu que vous vous aimez vraiment. Ta grand-mère me l'avait dit, mais je continuais à douter. C'est vrai qu'elle a un sixième sens pour ce genre de choses.

— Pas toujours. En ce qui concerne mes parents, elle n'a rien vu venir, objecta Roberto avec une pointe de sarcasme.

Il regretta aussitôt de s'être engagé sur ce terrain mais, après tout, le moment était peut-être venu de poser les questions qui lui brûlaient les lèvres depuis trop longtemps.

— C'était différent, rétorqua son grand-père.

— Vraiment ? Peux-tu me dire en quoi ? Ils ne supportaient même plus de se trouver ensemble dans une pièce.

— Ce que tu ignores, c'est que ta grand-mère et moi nous étions farouchement opposés à leur mariage. Plus nous étions contre ce mariage, plus ils étaient déterminés à convoler. En fait, je crois bien qu'ils sont allés au bout de leur projet par pure provocation. Pour nous faire comprendre qu'ils étaient libres de n'en faire qu'à leur tête et que notre avis ne comptait pas.

Finalement, Roberto était heureux d'avoir crevé l'abcès. Cette discussion, il n'aurait jamais pu l'avoir avec ses parents.

— Dans ce cas, pourquoi n'ont-ils pas divorcé ?

Le vieil homme poussa un long soupir trahissant son impuissance.

— C'est une question que je me suis souvent posée, répondit-il. J'ai fini par me dire que c'était peut-être parce qu'ils s'aimaient vraiment.

Roberto secoua énergiquement la tête.

— Non. J'ai bien vu comment ils se comportent. Ils évitent de se toucher, ils ne s'embrassent pas, se parlent même à peine. Ce n'est pas ce que font deux personnes qui s'aiment. C'est même tout le contraire.

— Peut-être agissent-ils ainsi par pudeur. Parce que ce sont tes parents, ils n'osent pas avoir devant toi, leur enfant, des gestes qu'ils jugent sans doute déplacés.

— Tu veux dire qu'ils ne s'entendraient bien que sans témoins ? À l'abri des regards ? Permets-moi d'en douter.

Le vieil homme accueillit cette remarque avec un sourire indulgent.

— Un jour, ton père m'a confié que ta mère et lui avaient trouvé un terrain d'entente. Qu'à leur façon, ils étaient heureux.

— Sans moi.

Sentant sans doute la désillusion pointer derrière le ton

sarcastique, le vieil homme posa sur lui une main qui se voulait réconfortante.

— Je suis désolé pour toi, Roberto. Tu sais, nous ne naissons pas parents, nous apprenons à le devenir. Malheureusement, certaines personnes n'ont pas cette capacité. Ta grand-mère et moi avons fait de notre mieux, mais nous ne restons que tes grands-parents. J'ai eu tellement peur de reproduire la même erreur avec toi qu'avec ton père que je me suis montré plus dur. Trop dur. J'en ai bien conscience aujourd'hui, mon petit, et je tenais à te dire que je suis désolé.

C'était la première fois que son grand-père lui parlait avec une telle franchise, mais surtout qu'il lui présentait des excuses pour les erreurs commises. Cette confession fit l'effet d'un baume apaisant à son cœur que l'indifférence de ses parents avait amoché.

Tout n'était peut-être pas perdu, après tout.

Sa rancœur mise à part, Roberto aimait son grand-père d'un amour sincère et profond. Il l'aimait d'avoir toujours été présent dans sa vie, même lorsqu'il était allé contre sa volonté et avait refusé les choix qu'il voulait lui imposer.

— Merci d'être une présence stable dans ma vie, le remercia-t-il avec émotion.

Le vieil homme observa quelques minutes de silence avant de répliquer, non moins ému :

— Nous pourrions essayer de repartir sur de nouvelles bases, tous les deux. Qu'en penses-tu ?

Roberto opina. Il aimait l'idée de retrouver une certaine complicité avec son grand-père et qui sait ? Peut-être qu'un jour, il se sentirait capable de réintégrer l'entreprise familiale.

— Je dois y aller, annonça son grand-père en lui pressant doucement l'épaule. Ta grand-mère doit se demander où je suis passé. Ne construis pas ton avenir en fonction de tes parents, lui conseilla-t-il après avoir fait quelques pas et s'être retourné. Tu n'es pas comme eux. Écoute plutôt ce que te dicte ton cœur.

Sur ces mots, il pivota de nouveau et se remit en marche vers le pont supérieur, laissant Roberto aux prises avec ses émotions. Ses parents s'aimaient. Voilà bien une éventualité qui ne lui avait jamais traversé l'esprit. Mais après tout, pourquoi pas ? Sans doute avait-il été trop aveuglé par la colère pour soupçonner le lien qui les unissait vraiment.

Mais peu importait la manière de s'aimer de ses parents. En ce qui le concernait, il ne voudrait jamais d'une vie pareille. Plutôt persister dans le célibat. Ses pensées dérivèrent aussitôt vers Stasia. Et elle ? De quoi avait-elle vraiment envie ? Comment imaginait-elle sa vie amoureuse ?

D'ici quelques jours, la croisière prendrait fin. Le retour à Athènes marquerait la fin de leur histoire, c'était une certitude.

Il chassa ces pensées de son esprit. Il n'était pas prêt à se projeter dans un futur sans Stasia, mais encore moins à l'imaginer avec elle.

Trop de questionnements se bousculaient dans sa tête, sur lesquels il ne souhaitait pas s'attarder. Car, pour l'heure, il avait un dossier épineux sur le feu et une fichue date butoir à respecter.

Un sourire aux lèvres, il alla rejoindre Stasia qui l'attendait patiemment, à quelques mètres de là, et ils se rendirent ensemble dans sa cabine à lui.

— Votre discussion s'est bien passée ? demanda-t-elle après avoir refermé la porte derrière eux. Parce que ton grand-père n'a pas l'air commode.

— C'est un sanguin, mais il n'est pas foncièrement méchant.

— Pourquoi s'est-il mis en colère ?

— Parce que c'est aussi un trait foncier de son caractère. Maintenant que j'ai accepté de faire ce qu'il m'a demandé, il n'a plus aucune raison de se montrer sous un bon jour.

Il garda pour lui les confidences que son grand-père lui avait faites. Il avait encore besoin d'un peu de temps pour vraiment comprendre que ses parents s'aimaient. C'était une telle révélation !

Stasia esquissa une moue dubitative.

— Il se peut que sa brusquerie cache autre chose, suggéra-t-elle.

— Quoi donc ?

— Peut-être qu'il est juste impatient de connaître le résultat de tes recherches.

Au lieu de rejeter en bloc la supposition de Stasia, il prit le temps d'y réfléchir quelques secondes. Et si elle avait raison ?

— J'avoue que je ne sais pas quoi penser, admit-il en se frottant la nuque. Lui et moi sommes en conflit depuis tant d'années que j'ai perdu toute objectivité. Mais effectivement, il se peut qu'il soit très inquiet et que cette inquiétude se transforme en agressivité. Il est vrai que je ne l'avais pas vu aussi fatigué depuis bien longtemps.

— Crois-tu possible qu'il y ait plus dans ces dossiers que les quelques chiffres transposés que nous avons trouvés ?

— J'en suis presque certain. Mon grand-père ne m'aurait pas chargé d'une telle mission pour un détail aussi insignifiant. Il y a forcément autre chose. Un élément beaucoup plus sérieux.

— Ou peut-être que tu veux qu'il y ait quelque chose à trouver pour faire tes preuves auprès de ton grand-père.

Encore une fois, elle lisait en lui comme dans un livre ouvert.

— Je n'ai rien à lui prouver, rétorqua-t-il d'un ton qu'il voulait désinvolte.

— C'est pour cette raison que tu as quitté l'entreprise familiale : pour aller travailler ailleurs, le railla-t-elle gentiment. Parce que tu n'avais rien à lui prouver.

Piqué au vif, il la regarda droit dans les yeux.

— Si j'ai choisi de travailler avec ton frère, répliqua-t-il sèchement, c'est parce qu'il est mon meilleur ami et que j'aime ce que je fais. Tu vois, tu ne me connais pas aussi bien que tu le penses, finalement.

Les yeux de Stasia s'arrondirent de surprise tandis que sa bouche retombait légèrement. Il comprit qu'il l'avait blessée. Or, heurter ses sentiments était bien la dernière chose qu'il avait en tête.

Il voulait juste qu'elle cesse de mettre sans cesse le doigt – et avec la plus grande justesse – sur ses vieux traumatismes. Car peu à peu, en révélant sa nature profonde comme elle s'y appliquait, elle faisait de lui un homme vulnérable, ce qu'il refusait farouchement.

Oui, il avait quitté l'entreprise familiale à contrecœur. Il l'avait fait parce que sa relation avec son grand-père n'était pas tenable. Leurs disputes quotidiennes avaient fini par avoir raison du bonheur qu'il avait à travailler en famille. Certes, il avait claqué la porte, mais il n'avait jamais dit qu'il ne reviendrait pas un jour. Et si cela se faisait, ce serait selon ses propres règles et ses conditions.

— Excuse-moi, marmonna-t-il, un brin contrit.

— Non. C'est ma faute. Je suis allée trop loin en voulant me mêler de choses qui ne me regardent pas. Je crois que je ferais mieux de partir.

S'il ne réagissait pas, il allait gâcher la journée merveilleuse qu'ils avaient passée.

— S'il te plaît, Stasia, reste. Je n'avais pas à reporter toutes mes frustrations sur toi.

Elle hésita un bref instant.

— Et moi, je n'aurais pas dû insister comme je l'ai fait, reconnut-elle finalement.

— Pour fêter ça, que dirais-tu d'un bon dîner livré ici ?

— Avec plaisir. Et en attendant, nous pourrions reprendre l'étude de tes dossiers.

— Tu n'es pas obligée, Stasia.

— C'est vrai. Mais j'en ai envie.

Jour 13

Sicile, Italie

C'était à peine croyable.

Stasia s'émerveillait de se tenir au bord d'un volcan.

Elle fut saisie d'un délicieux vertige. C'était tellement excitant de vivre de nouvelles expériences ! Quelques années plus tôt, elle aurait joué la sécurité. Il faut dire que Lukos n'avait pas vraiment l'âme d'un aventurier. Lorsqu'elle insistait pour qu'ils partent en randonnée le long de la côte amalfitaine, il répliquait en lui offrant un week-end dans un Relais & Château planté au beau milieu d'un domaine viticole prestigieux.

Elle ne protestait jamais. Peut-être aurait-elle dû, mais elle ne voulait pas décevoir Lukos, toujours si heureux de ses trouvailles. Et puis, à cette époque, savoir son mari heureux suffisait à son bonheur. Grâce à Roberto, elle découvrait d'autres horizons, testait ses limites. Il l'encourageait à prendre des risques, à saisir les occasions qui se présentaient à elle.

C'était grâce à lui encore qu'elle songeait sérieusement à créer sa propre fondation. Depuis qu'il avait évoqué cette possibilité, l'idée avait fait son chemin. Il faut dire que, sans en avoir l'air, Roberto possédait une force de conviction hors du commun. Avec lui, elle avait le sentiment que tout était possible, que rien ne pouvait l'arrêter, qu'elle était capable de donner vie à ses projets. Au fil de cette croisière, elle découvrait en elle des ressources qu'elle n'avait jamais soupçonnées jusque-là. Elle en était tellement fière qu'elle s'était fait la promesse formelle de ne jamais plus manquer de confiance en elle.

Cet optimisme à tous crins ne valait malheureusement pas pour sa relation avec Roberto. Elle s'inquiétait même de s'attacher à lui un peu plus chaque jour. Il était temps qu'elle apprenne à ne compter que sur elle pour être heureuse.

Un coup d'œil vers Roberto lui apprit que ce n'était pas gagné. Loin de là. Car elle n'avait aucune envie de le rayer de sa vie.

Elle en eut la confirmation lorsque, sentant sans doute son regard, il tourna la tête vers elle et accrocha son regard.

— Pourquoi souris-tu ? s'enquit-il.

— Parce que j'aime être avec toi, répondit-elle.

— C'est vrai ?

Sans la quitter des yeux, il s'approcha et enlaça sa taille.

— Me retrouver là, au sommet d'un volcan toujours actif, me donne des ailes, poursuivit-elle. Je commence même à croire que rien n'est impossible.

— Mais c'est le cas, Stasia. Il suffit de le vouloir vraiment.

Ivre d'un bonheur absolu, elle rejeta la tête en arrière et offrit son visage aux rayons du soleil. Elle n'arrivait pas à croire que cette croisière – et du même coup sa relation avec Roberto – allait toucher à sa fin. Mais puisqu'elle avait décidé que tout était possible et qu'il suffisait de vouloir les choses…

Elle sentit alors Roberto presser ses lèvres sur sa nuque que le vent avait dégagée, semblait-il pour lui. Un délicieux frisson de désir la parcourut. Plus rien alors n'exista que le contact de la bouche douce et chaude de Roberto sur elle.

— Tout le monde s'en va, constata-t-elle à regret en

voyant leur petit groupe commencer à quitter le site. Nous devrions nous presser si nous ne voulons pas les perdre.

— Ce serait si grave que ça ? lui murmura-t-il à l'oreille d'une voix enjôleuse.

Elle lui donna une petite tape sur la main.

— Tu parles sérieusement ? Tu voudrais vraiment nous faire rater la partie la plus intéressante de cette sortie ?

— De quoi parles-tu ?

Elle se libéra de la douce étreinte de Roberto et ils se remirent en marche au même pas.

— Je te rappelle que la visite d'une grotte figure au programme. Nos casques et nos lampes torches nous attendent sur place. Quoi ? ajouta-t-elle comme il secouait la tête en souriant d'un air indulgent. Ce doit être terriblement excitant de se promener dans les entrailles de la terre.

— Sauf si nous sommes attaqués par une créature souterraine, tapie dans un coin obscur.

Elle haussa les épaules en riant.

— Tant pis, je prends le risque. Rien ne m'arrêtera, moi, monsieur.

— Tu en es bien certaine ? J'ai entendu dire que ces grottes étaient habitées par des araignées énormes aux yeux exorbités et aux immenses pattes velues. À moins que nous ne tombions sur une colonie de chauves-souris dérangées par notre intrusion.

— Arrête ! cria-t-elle en fronçant les sourcils. Et d'abord, comment sais-tu que je déteste ces bestioles ?

— Pure intuition. Visiblement, elle ne m'a pas trompé.

— Pff… ! Veux-tu dire que je suis prévisible à ce point-là ?

— Non, pas du tout. Pour preuve, je n'aurais pas parié un centime sur le fait que tu te proposerais pour le rôle de ma fiancée.

Elle esquissa un sourire amusé. Elle, en revanche, aurait payé cher pour que le fantasme devienne réalité. Pour que la comédie n'en soit plus une et qu'elle soit réellement la femme dont Roberto serait amoureux.

Elle abaissa les yeux sur le diamant qui ornait son annulaire. Une bague symbole d'un amour éternel qui ne lui était pas destinée, mais à celle à qui Roberto s'unirait pour la vie.

Elle sentit une pointe douloureuse lui transpercer le cœur. Elle ne voulait pas rendre cette bague. Elle désirait être cette femme que Roberto aimerait toute sa vie.

Les battements de son cœur redoublèrent d'intensité en même temps qu'elle avait du mal à respirer. Quelles idées lui traversaient la tête ? Avait-elle vraiment envie de devenir la femme de Roberto ? La réponse lui vint tout naturellement, sans le recours d'une réflexion profonde mais avec la force d'une évidence : elle était amoureuse de Roberto. Mieux, même, elle l'aimait d'un amour qu'elle pressentait inconditionnel.

Elle fixa de nouveau sa bague. Depuis que Roberto la lui avait passée au doigt, elle ne l'avait jamais quittée. C'était un peu comme si, à partir de ce moment, le conscient l'avait peu à peu emporté sur l'inconscient. Cette bague avait donné corps à une réalité qu'elle se refusait jusqu'alors à admettre.

— À quoi penses-tu ? demanda Roberto dont la voix la ramena brusquement sur terre.

Elle leva sur lui un visage serein.

— À rien.

— Pourtant tu avais l'air d'être très absorbée dans tes pensées, insista-t-il. Tu semblais voguer vers d'agréables horizons.

— Je me disais juste que cette journée était décidément bien belle.

— Je suis d'accord avec toi, mais je doute que ce soit ce qui occupait tes pensées à ce point-là.

Elle haussa les épaules, refusant de s'attarder plus longtemps sur le sujet. Le moment n'était pas bien choisi pour lui faire part de ses sentiments. Elle avait besoin de réfléchir à la manière dont elle allait lui en parler. Comment accueillerait-il cette confession ? Serait-il heureux ou au contraire embarrassé ?

Elle osa espérer que ses sentiments étaient partagés. Si tel n'était pas le cas, Roberto lui ferait-il l'amour inlassablement comme il le faisait ? Se montrerait-il aussi tendre ? L'accompagnerait-il dans chacune de ses sorties, jusqu'à cette grotte qu'il semblait ne vouloir visiter que pour lui être agréable ?

À chacune de ces questions, la réponse était la même : Non.

Qu'arrivait-il donc à Stasia ?

Elle lui avait paru bizarre toute la journée.

Roberto ne réussissait pas à chasser l'impression diffuse que quelque chose avait changé dans le comportement de Stasia. De son côté, il avait beau se dire qu'il n'aurait jamais dû franchir la frontière qui l'avait fait basculer de l'amitié à l'amour physique, il ne regrettait pas cette « erreur magistrale » tant les images de leur nuit l'accompagnaient partout.

De là à penser que lui aussi était plongé en pleine confusion, il n'y avait qu'un pas qu'il n'était pas loin de franchir. C'était pour cette raison précisément qu'il se noyait dans le travail et ne consacrait qu'une partie infime de sa vie aux rencontres amoureuses. Ne pas s'attacher, éviter les complications liées à ces liaisons, tel était son credo. Enfin, jusqu'à ce que Stasia entre vraiment dans sa vie.

Pendant le déjeuner, qu'ils avaient pris dans un restaurant typique des environs, il avait surpris – à des moments où elle ne se savait pas espionnée – son regard scrutateur sur lui. Elle ne disait rien, mais il sentait une énergie nouvelle courir entre eux, qui n'avait rien à voir avec celle que vous prodiguait l'air vivifiant de la mer, le bonheur de lézarder au soleil ou encore le merveilleux plateau de fromages qu'ils avaient partagé au repas.

S'il voulait être honnête avec lui-même, lui aussi sentait des changements frémir en lui. S'abandonner sans retenue à ces moments de parfaite sérénité ou se laisser aller à ses désirs sans la moindre envie de remonter le temps, voilà qui était nouveau pour lui.

— Tu es bien silencieux, pointa Stasia au moment où ils remontaient sur le bateau.

En effet, il n'avait pas été très loquace depuis qu'ils avaient quitté la grotte. Mais il était en proie à un flot d'émotions contradictoires qui, en même temps qu'elles le perturbaient fortement, lui faisaient perdre ses repères.

— Tu as raison, admit-il humblement.

— À quoi pensais-tu ?

La foule qui les entourait n'était pas vraiment propice à ce genre de discussion. Pourtant il fallait qu'ils parlent. Il ne pouvait se laisser emporter par cette spirale infernale plus longtemps.

— Je pensais à mon grand-père, mentit-il. Il ne va pas être content d'apprendre que je n'ai pas avancé d'un pouce sur ses dossiers.

— C'est tout ?

— Je ne te savais pas aussi suspicieuse, répliqua-t-il avec un sourire malicieux.

— Moi, suspicieuse ? répéta-t-elle en riant.

Tout en marchant, ils papotèrent de sujets légers qui étaient bien loin de refléter la profondeur de ce qu'il ressentait.

À un moment de la discussion, Stasia avait glissé sa main dans la sienne, un geste qui leur avait paru si naturel qu'il ressentit de nouveau l'urgence de lui parler. Surtout, ne pas lui laisser le temps de se bercer d'illusions. Elle attendait manifestement plus de lui que ce qu'il pouvait lui donner. Il n'était pas l'homme qu'il lui fallait. Il travaillait trop. Il ne voulait pas fonder de famille. Il n'avait rien du compagnon fidèle et dévoué que Stasia était en droit d'attendre.

Lorsqu'ils furent devant sa porte, Stasia entra la première. Il resta sur le seuil, hésitant à la suivre. S'il entrait, il n'était pas certain de pouvoir résister à ses grands yeux de biche. Il ne lui faudrait pas bien longtemps pour oublier ses bonnes résolutions et laisser libre cours à ses pulsions. Il ne pouvait pas lui laisser voir ses faiblesses quand il était déterminé à mettre les choses au clair une bonne fois pour toutes.

Non, décidément, pénétrer dans sa cabine n'était pas une bonne idée.

— Tu n'entres pas ? s'étonna-t-elle alors qu'elle lui tenait la porte grande ouverte.

Il secoua la tête.

— Non, je ne peux pas rester.

— Je comprends. Tu dois retourner travailler, c'est ça ?

— Stasia… Non…

Même si, en effet, il avait à cœur de prouver à son grand-père que sa confiance était méritée et qu'il était bien le digne héritier des Carrass.

— Il faut que nous parlions.

Le sourire de Stasia s'évanouit aussitôt.

— Ça m'a l'air sérieux, dis-moi.

— Ça l'est, répondit-il, ne sachant trop par quoi commencer. Tout d'abord, je te dois des excuses.

Une profonde incompréhension se peignit sur ses traits.

— Des excuses ? Mais pour quoi ?

— Pour l'autre nuit.

Il s'interrompit, cherchant les mots justes, mais qui ne la blesseraient pas.

— Je ne comprends pas. Mais vas-y, je t'écoute.

Il avait beau se creuser la tête, il ne voyait pas comment lui dire ce qu'il avait sur le cœur sans heurter sa sensibilité.

— C'était… C'était une erreur, dit-il d'un trait en fuyant son regard.

— Une « erreur » ? répéta-t-elle d'une voix blanche.

Lorsqu'il leva de nouveau les yeux sur elle, il la vit assise sur son lit, occupée à retirer ses chaussures. Chaque parcelle du corps de Roberto brûlait d'aller la rejoindre, de l'envelopper de ses bras, de la couvrir de baisers ardents et de lui faire l'amour jusqu'au bout de la nuit.

Stasia était une femme à part. S'il s'imaginait un jour tomber amoureux et fonder une famille, ce serait avec une femme comme elle, belle mais intelligente, empathique mais forte.

Pourtant, il resta immobile à la regarder, sans chercher à esquisser le moindre geste. Comme pétrifié.

Enfin, elle se tourna vers lui.

— Tu disais donc que c'était une erreur, pointa-t-elle d'un ton désinvolte.

Mais il devinait, derrière la légèreté de l'inflexion et le visage neutre, une terrible déception.

— Je suis désolé, Stasia. J'ai agi sans réfléchir. Cela n'aurait pas dû se produire.

Elle quitta le lit pour venir se planter devant lui, bras croisés.

— Nous ne sommes pas bien ensemble ?

C'était justement là le problème. Ils étaient très bien ensemble. Mais l'admettre reviendrait à pointer une incohérence qu'elle ne voudrait pas entendre et qu'elle s'empresserait de souligner.

— Je ne suis pas l'homme qu'il te faut, poursuivit-il. Plus que tout, je ne veux pas te faire souffrir.

— Je te remercie de prendre des gants pour m'annoncer que tu me plaques, mais ce n'est pas la peine, je t'assure.

— Tu es sincère ?

— Absolument. Je n'ai jamais pensé que nous deux, c'était sérieux. Nous avons accepté de jouer le rôle du couple amoureux le temps que durerait cette croisière ; pour te sortir d'une situation délicate. Nous sommes devenus très proches et, une chose en entraînant une autre, il était inévitable que nous couchions ensemble. Mais de là à croire que cette relation allait durer… Non. Je ne l'ai jamais pensé.

Il poussa un profond soupir de soulagement. Il n'en revenait pas que les choses se soient passées aussi calmement. Voilà encore un trait de caractère de Stasia à mettre à son actif.

— Je suis heureux que nous soyons sur la même longueur d'onde.

— Ne t'inquiète pas. Tout va bien.

Pourtant, le doute persistait. Stasia était-elle vraiment sincère ou feignait-elle de l'être ?

— Dans ce cas, j'y vais.

— Le temps de me rafraîchir et je te rejoins, annonça-t-elle, comme si de rien n'était.

— Tu es bien sûre de vouloir continuer ?

Elle marqua quelques secondes d'hésitation, semblant réfléchir aux options qui se présentaient à elle.

— J'ai dit que je t'aiderai et je le ferai.

Il referma la porte derrière lui, soudain mal à l'aise.

En partant, il n'avait pas manqué de remarquer la lueur de tristesse dans son regard.

Jour 14

Naples, Italie

— Nous ne nous y prenons peut-être pas bien, suggéra Roberto.

Stasia se renfonça dans son siège et étira ses muscles endoloris. Rester penchée sur son ordinateur pendant des heures avait éveillé d'intenses douleurs dorsales.

— Qu'est-ce que tu veux dire ?

— Que nous prenons peut-être le problème à l'envers. Je pense qu'il faut tout reprendre depuis le début en élargissant les perspectives.

— Mais nous avons déjà passé tous les bilans en revue. Nous aurions bien vu s'il y avait eu une erreur.

Pourtant, Roberto avait raison : le travail qu'ils avaient fourni pendant des heures n'avait rien donné. Ils en étaient au même point.

Peut-être n'était-elle pas assez concentrée ? Elle aurait alors laissé passer un détail qui avait son importance. Certes, elle était distraite. Les mots de Roberto lui revenaient en boucle comme autant de pointes qu'on lui aurait enfoncées en plein cœur.

Elle ne lui en voulait pas. Elle était seule responsable de ce qui lui arrivait. Dès le début, elle aurait dû se protéger, garder en mémoire qu'ils jouaient la comédie et que cette situation n'était que provisoire. Et surtout… Surtout, elle n'aurait pas dû se laisser prendre au jeu.

La voix de Roberto la tira brusquement de ses pensées.

— Je n'ai aucune certitude, mais, à mon avis, nous devrions nous focaliser sur les dépenses, poursuivit-il. Parce que s'il y a fraude ou détournement de fonds – comme doit le soupçonner mon grand-père –, c'est là qu'il faut chercher.

— Vérifier les dépenses ?

— Oui. Nous allons prendre un nombre au hasard et remonter jusqu'à son origine.

Elle sentit chez lui une impatience teintée de frustration. Il ne leur restait que deux jours avant la fin de la croisière et il était évident qu'il avait à cœur de prouver à son grand-père qu'il était capable de résoudre cette énigme.

Même à deux, y parviendraient-ils ? Elle commençait à en douter.

Elle regarda les doigts de Roberto qui semblaient voler sur le clavier de l'ordinateur.

— C'est un peu comme chercher une aiguille dans une botte de foin, non ?

Roberto s'interrompit dans sa tâche pour la regarder fixement, lui donnant l'impression qu'elle venait de proférer une absurdité.

— C'est exact, mais le temps presse et c'est maintenant que mon grand-père veut des réponses, répliqua-t-il finalement. Dans une semaine, il sera trop tard. La date butoir sera dépassée.

— Et tu veux lui prouver que tu es l'homme de la situation, n'est-ce pas ?

Il planta son regard dans le sien, observant quelques secondes de silence avant d'éluder :

— J'ai imprimé tout un tas de pages d'entrées. Comme je viens de te le dire, nous allons piocher des nombres au hasard et remonter jusqu'à la source, c'est-à-dire jusqu'à la facture. J'espère que, cette fois, nous aurons plus de chance.

— Sauf que nous n'avons pas les factures.

— C'est vrai, mais j'ai les mots de passe qui nous permettront d'accéder à tous les serveurs de la compagnie. Avec ça, nous allons pouvoir avancer de manière plus concrète et donc plus efficace.

Ils se replongèrent alors en silence dans l'étude des colonnes de chiffres qu'ils avaient sous les yeux. Le premier chiffre correspondait à la facture d'un fournisseur. Ils n'y trouvèrent aucune anomalie. Idem pour le deuxième, le troisième, le quatrième…

Le temps filait à toute allure. Stasia était à deux doigts de se décourager. De plus, elle commençait à accuser une certaine fatigue et à avoir faim.

Comme s'il avait lu dans ses pensées, Roberto leva les yeux de son clavier pour les poser sur elle.

— Tu dois être fatiguée. Va te coucher.

À vrai dire, l'idée d'aller se reposer quelques heures la séduisait assez. Mais la perspective de quitter Roberto et de le laisser assumer seul ce travail pour le moins rébarbatif lui était insupportable.

— Et toi ? Tu ne veux pas dormir un peu ? Nous reprendrions tôt demain matin.

Il secoua énergiquement la tête.

— Non. Je préfère travailler encore un peu.

Elle refoula le soupir qui lui montait aux lèvres.

— En fait, je m'attendais à cette réponse. Il est hors de question que je te laisse continuer seul.

— Tu en es bien sûre ? Je comprendrais tout à fait que tu veuilles aller te coucher.

— Nous avons commencé à deux, nous finirons à deux, lança-t-elle d'un ton léger. En revanche, je grignoterais bien quelque chose. Je meurs de faim.

— Oui, bien sûr. Nous allons demander au service restauration de nous livrer un repas léger.

Ils passèrent leur commande, puis se remirent au travail, vérifiant nombre après nombre, inlassablement.

Soudain, quelque chose alerta Stasia.

Il s'agissait d'une dépense reliée à une facture mais, en creusant un peu, elle découvrit qu'il n'existait aucune société correspondant au nom qui avait émis cette facture. Elle eut beau chercher, elle ne trouva nulle part trace de cette entreprise.

Toc toc.

— J'y vais, annonça Roberto.

Stasia était si excitée qu'elle avait à peine entendu les coups discrets frappés à la porte par le serveur venu leur livrer leur dîner. Était-il possible qu'ils aient enfin trouvé d'où provenait l'anomalie pointée par le grand-père de Roberto ?

Elle osait à peine y croire.

Le souffle court et le cœur battant la chamade, elle vérifia, revérifia. Elle ne s'était pas trompée. Des sommes conséquentes avaient été versées à une entreprise de matériaux de construction qui n'existait que sur le papier. Une société aussi fantoche que le site web qui accompagnait la facture.

D'une main fébrile, elle entra dans le moteur de recherche le numéro de téléphone qui figurait également sur la facture. Le nom d'une femme s'afficha, différent de celui de la facture.

Elle entendit Roberto refermer la porte sur le livreur, puis aller poser le plateau sur sa table de nuit.

— Je croyais que tu avais faim, dit-il en la voyant la tête toujours baissée sur son ordinateur.

— Oui…, répondit-elle tout en tapant l'adresse de ladite société sur un serveur de cartographie en ligne.

Roberto s'approcha, l'air visiblement intrigué.

— Tu as trouvé quelque chose ?

— Je crois. Je suis en train de vérifier un dernier détail.

Il n'y avait aucun bâtiment à l'adresse indiquée. Et pour cause, c'était un terrain vague.

— J'ai relevé une facture, là, précisa-t-elle. Il semblerait qu'il y ait erreur, effectivement.

— Tu veux dire que la somme ne correspond pas à la facture ? demanda Roberto tout en s'asseyant à côté d'elle.

— Non. La facture est exacte. En revanche, c'est l'entreprise qui pose problème. J'ai vérifié, elle n'a aucune existence légale.

— Tu permets ?

Roberto tourna l'écran de l'ordinateur de Stasia vers lui.

— Bien sûr. Vérifie toi-même que j'ai bien compris ce que j'ai vu. La fatigue peut m'avoir joué des tours.

Il procéda aussitôt à la vérification des dossiers qu'elle avait laissés ouverts sur l'écran. Il reprit toutes les recherches qu'elle avait effectuées sur Internet, depuis le nom et le numéro de téléphone de la société jusqu'à son adresse physique.

Il en tira les mêmes conclusions qu'elle.

— Peux-tu me passer ton smartphone ?

— Bien sûr. Qui veux-tu appeler ?

— Le numéro de cette société.

— Roberto, il est très tard, objecta-t-elle.

Mais il composait déjà le numéro.

— C'est trop important pour que nous remettions à plus tard, expliqua-t-il.

Tout en parlant, il pressa le bouton du haut-parleur afin qu'elle puisse entendre. Le téléphone sonna cinq fois. Juste au moment où Stasia pensait que personne ne répondrait, une voix de femme se fit entendre.

Après s'être excusé de ce coup de fil tardif, Roberto mena la discussion et obtint de son interlocutrice toutes les réponses qu'il souhaitait. Non, elle n'avait rien à voir avec la société qu'il avait mentionnée ; non, elle n'en avait jamais entendu parler ; et non, elle n'avait jamais émis de facture à son nom. Et pour cause, elle était infirmière.

Après l'avoir remerciée chaleureusement de s'être montrée

aussi compréhensive et conciliante, Roberto mit fin à la discussion et composa un nouveau numéro de téléphone.

— Qui appelles-tu maintenant ?

Il leva un doigt devant elle pour lui imposer le silence, en même temps qu'il pressait l'appareil contre son oreille, la fonction haut-parleur éteinte.

— Grand-père, j'espère que je ne te réveille pas, mais c'est urgent.

Stasia l'entendit demander au vieil homme s'il avait entendu parler de la société en question, après quoi il l'informa du fait qu'il avait besoin de quelques heures supplémentaires avant de lui en révéler plus.

— Alors ? le pressa-t-elle aussitôt qu'il eut raccroché. Qu'est-ce qu'il t'a dit ?

— Il m'a dit que, en effet, une entreprise de ce nom existait bien, mais qu'ils ne traitaient plus avec elle depuis bon nombre d'années.

— Ce qui expliquerait pourquoi cette société n'apparaît plus sur le Net. En revanche, je ne comprends pas pourquoi votre entreprise continue à les payer.

— Moi non plus. Mais j'entends bien trouver avant demain matin.

Stasia se leva et le prit par la main, l'invitant à se lever avec elle.

— D'accord, mais d'abord nous allons nous accorder une petite pause. Nous avons besoin de manger.

Il obéit docilement, un sourire amusé aux lèvres.

— Bien, chef. À vos ordres, chef.

— Tu te moques de moi ou tu me trouves vraiment autoritaire ?

— Je te taquine, bien sûr. Dieu merci, tu n'as rien d'un chefaillon tyrannique. En revanche, j'avoue que tu m'épates. Tu as mis le doigt sur ce qui semble bien être un problème de détournement de fonds.

Il s'approcha, lui faisant battre le cœur plus fort.

— Grâce à toi, mon grand-père va enfin me prendre

au sérieux et peut-être même me laisser enfin gérer la société comme je l'entends.

— Bien sûr qu'il va le faire. Tu as toute sa confiance maintenant.

— Rien n'est fait. L'homme est buté, c'est pourquoi j'émets des réserves. Quant à toi…

Sa voix s'était faite enjôleuse, son regard de velours.

— Arrête.

Elle ne voulait plus jouer au jeu de la séduction avec lui. Car justement, pour elle ce n'était plus un jeu.

Roberto avait trouvé ce qu'il cherchait. Sa mission à elle s'arrêtait là.

— Je te laisse. Je suis fatiguée. Je vais me coucher.

Elle lui tourna le dos et se dirigea vers la porte.

— Stasia… Attends.

Elle continua de marcher, son cœur cognant fort dans sa poitrine. Si elle s'arrêtait maintenant, si elle le regardait dans les yeux, il y avait de fortes chances pour que sa détermination faiblisse. Or il n'était pas question qu'elle se ridiculise. De quoi aurait-elle l'air s'il devinait qu'elle était tombée amoureuse alors que lui, en revanche, ne faisait que tenir son rôle ?

Jour 15

Rome, Italie

La croisière touchait à sa fin.

Comme toujours, Stasia avait donné beaucoup d'elle-même aux autres sans vraiment se soucier d'elle, de ses attentes. Elle en avait vraiment pris conscience il y avait peu de temps.

Il y avait d'abord eu Lukos. Pour lui, pour l'accompagner dans sa carrière professionnelle, elle avait renoncé à ses propres rêves. Ensuite, après la mort de son mari, il y avait eu Xander, qu'elle avait laissé avoir un droit de regard sur sa vie. Et maintenant, c'était Roberto qui l'avait détournée du but initial qu'elle s'était fixé en acceptant de participer à cette croisière.

Le moment était venu de penser à elle. Rien qu'à elle.

Ce matin-là, elle avait décidé de rester dans sa cabine, renonçant à partir à la découverte de Rome, la Ville éternelle.

Elle n'avait donné aucune excuse à Roberto, n'avait cherché aucun prétexte. Elle estimait simplement que, sa mission accomplie, ils n'avaient plus rien à faire ensemble.

Grâce à elle, il allait accéder au poste de P-DG que, compte tenu de la confiance aveugle que son grand-père allait sans doute lui témoigner, il allait enfin pouvoir occuper à sa guise. Elle était sincèrement heureuse pour lui. Tout était pour le mieux.

Roberto allait lui manquer. Plus même qu'elle ne l'imaginait. La seule idée de ne plus le voir tous les jours lui brisait le cœur. Pire, même, elle l'imaginait faire tout son possible pour l'éviter. Ne lui avait-il pas clairement signifié qu'il ne voulait plus d'elle ?

Elle poussa un profond soupir.

Ruminer d'aussi sombres pensées n'allait pas l'aider à aller de l'avant. La meilleure chose à faire était de se concentrer sur la voie qu'elle s'était choisie.

Heureusement, de ce côté-là, elle avait progressé. Elle était certaine maintenant de vouloir consacrer sa vie aux autres. Aider les gens en détresse, tenter de leur apporter un peu de douceur. Voilà une motivation qui la réjouissait. Un véritable but à atteindre qui lui donnerait l'envie de se lever le matin.

Il n'y avait plus à tergiverser. Il lui fallait maintenant tout mettre en œuvre pour faire avancer son projet et mettre de la vie derrière les mots.

Portée par une forte détermination, elle s'empara de son smartphone et rechercha parmi ses contacts celui de la femme rencontrée à l'hôpital qui l'avait initiée au bénévolat. Lorsqu'elle lui eut expliqué qu'elle voulait créer une fondation dont les ressources seraient destinées aux grands malades, son interlocutrice l'assura de son aide. Elle ferait tout pour lui préparer le terrain et lui simplifier les tracasseries administratives qu'un projet de cette envergure allait forcément engendrer.

Alors qu'elle raccrochait, elle eut conscience qu'un sourire heureux flottait sur ses lèvres. Cette fondation porterait le nom de son mari. Elle n'y avait pas réfléchi tant cela lui semblait une évidence. Elle espéra que, de là où il était, Lukos était fier des efforts qu'elle avait fournis et du chemin qu'elle avait parcouru sans lui, sorte de parcours initiatique qui l'avait révélée à elle-même.

Pendant trop longtemps, elle s'était retranchée du monde, cherchant dans cet isolement une bonne raison de trouver sa voie. La vérité, c'était qu'elle n'était pas prête à se lancer de nouveau dans le grand bain de la vie. Elle avait besoin de temps pour panser ses blessures. À présent, même si elles n'étaient pas tout à fait cicatrisées, elles étaient en bonne voie de guérison. Ces cicatrices ne disparaîtraient jamais tout à fait, mais elle les accepterait comme faisant partie d'elle-même, tout comme Lukos, qu'elle n'oublierait jamais.

Elle ne serait plus la femme qu'elle avait été, mais les épreuves qu'elle avait dû surmonter avaient fait d'elle une personne meilleure, capable de décider de se consacrer entièrement aux moins chanceux.

Oui. Elle était prête pour une nouvelle vie.

Sa joie s'assombrit d'un coup. Ce nouveau départ, elle aurait tellement aimé le faire avec Roberto ! À un moment donné de la croisière, elle y avait cru pourtant. Mais elle s'était trompée.

Elle regrettait de ne pas lui avoir ouvert son cœur lorsqu'il lui avait déclaré que coucher ensemble avait été une erreur. Une erreur ? Vraiment ? Pour elle, c'était tout sauf une erreur.

Roberto s'était montré passionné, attentif, généreux ! Ils s'étaient donnés l'un à l'autre avec un abandon si sincère qu'elle avait eu l'impression que le mur entre eux s'était écroulé pour leur permettre de se trouver, libérés de toute entrave. Elle avait alors vraiment cru que ce serait le point de départ d'une relation unique. Mais là aussi, elle s'était trompée.

Elle baissa les yeux sur la bague qui ornait encore son annulaire. Le bijou lui sembla si lourd soudain. Elle le fit glisser le long de son doigt et le posa sur sa table de chevet, à côté de son ordinateur.

Dès le début, elle connaissait les limites du marché qu'ils avaient conclu. Pourquoi avait-il fallu qu'elle transgresse les règles ? Qu'elle s'imagine que Roberto changerait ? Parce que c'était ce qu'elle voulait ? Quelle prétention !

Une pointe douloureuse lui transperça de nouveau le cœur. Si elle y avait cru, c'était parce que, à mesure qu'ils passaient du temps ensemble, elle avait eu l'occasion de s'apercevoir qu'il n'était pas le play-boy creux et superficiel qu'elle s'était imaginé.

Il était différent. Bien plus profond que l'image qu'il renvoyait. Ce qui ne changerait jamais, en revanche, c'était sa détermination à rester célibataire. Même sa grand-mère, pourtant si habile à le manipuler, ne parviendrait pas à le caser avec l'une des beautés sublimes qu'elle avait soudoyées pour lui. Roberto resterait à jamais accroché à son statut de célibataire. C'était à elle, Stasia, d'accepter qu'il sache mieux que quiconque ce qui lui convenait le mieux. Et ce qui lui convenait le mieux, ce n'était pas elle.

Toc toc toc.

— Stasia ? Tu es là ?

Roberto. Elle l'avait imaginé fêtant sa victoire avec son grand-père dans quelque trattoria de la ville.

N'ayant pas envie de le voir, elle retint son souffle. Interdiction de faire le moindre bruit susceptible de trahir sa présence.

Toc toc.

Pourquoi fallait-il qu'il insiste ? Il ne pouvait donc pas la laisser ruminer sa peine en paix ?

— Stasia ! cria-t-il. Je sais que tu es là. Je ne partirai pas tant que nous ne nous serons pas parlé.

Soucieuse d'éviter le scandale, elle bondit sur ses pieds et alla lui ouvrir.

— Peux-tu arrêter ce raffut, s'il te plaît ? s'insurgea-t-elle en lançant des coups d'œil inquiets dans le couloir. Entre. Qu'est-ce que tu viens faire ici ?

Il haussa les sourcils, marquant une incompréhension sincère.

— Où voudrais-tu que je sois ?

— Je pensais que tu étais avec ton grand-père. Vous avez des choses à finaliser ou à fêter, non ?

— Nous devons nous retrouver ce soir. Pour l'heure, Yaya l'a traîné en ville et il n'était pas question qu'il s'esquive, tu peux me croire.

— Je te crois volontiers. C'est bien le genre de ta grand-mère d'obliger les gens à faire ce qu'ils ne veulent pas, non ?

Roberto ignora la pique, ou feignit de l'ignorer.

— Tu m'as l'air très occupée, observa-t-il en pointant du menton son ordinateur, grand ouvert sur sa table de chevet. Qu'est-ce que tu fais ?

— J'essaie d'avancer sur mon projet.

— Tu as besoin d'aide ?

Elle secoua la tête.

— Non, merci. Tu sais, finalement, j'ai décidé de lancer cette fondation.

— Je suis très heureux pour toi, dit-il en s'approchant. Mais je te dois des excuses.

— Pourquoi ?

— Parce que je t'ai accaparée avec mes problèmes sans même me préoccuper des tiens. Je ne t'ai même pas remerciée de tout ce que tu as fait pour moi, ajouta-t-il en la regardant droit dans les yeux.

— Laisse tomber, Roberto. Tu n'as pas à me remercier.

— Mais si. J'y tiens beaucoup.

Elle entendit alors des coups discrets frappés à sa porte. Elle se passa une main dans les cheveux pour tenter de les discipliner à la va-vite.

— Si j'avais su que j'aurais autant de visites, je me serais mieux arrangée, marmonna-t-elle en riant à demi.

Ouvrant de nouveau, elle se retrouva face à un serveur, immobile à côté d'un chariot chargé de mets sous cloche d'où s'échappait un fumet délicieux.

— Vous avez dû vous tromper de cabine, dit-elle. Je n'ai pas passé de commande.

— Restez ! ordonna Roberto en se précipitant vers la porte. Vous êtes au bon endroit.

Elle s'effaça pour le laisser prendre les choses en main. Elle le vit ouvrir la porte en grand et laisser le passage au serveur, puis filer faire de la place sur la table afin que celui-ci puisse y disposer deux assiettes, une bouteille de champagne dans son rafraîchisseur et un vase contenant douze roses rouges.

— Que fêtons-nous ? demanda-t-elle, une fois le serveur reparti.

— Rien de spécial. J'ai faim. J'ai supposé que toi aussi et j'ai pensé que nous pourrions déjeuner ensemble.

Il s'approcha en la regardant droit dans les yeux.

— Qu'en dis-tu ?

Elle secoua la tête.

— Roberto, ce n'est pas une bonne idée.

— C'est pour cela que tu as retiré ta bague ? demanda-t-il en désignant du menton son annulaire gauche.

— De toute façon, il faut bien que tu la récupères, répliqua-t-elle. La croisière touche à sa fin et nous étions d'accord sur le fait que cette comédie ne visait qu'à mettre un terme à l'intrusion de ta grand-mère dans ta vie privée.

— Justement, j'ai beaucoup réfléchi à tout cela et j'en suis arrivé à la conclusion que je n'ai pas envie de voir notre histoire s'achever avec ce voyage.

Elle accusa le coup sans broncher, veillant à cacher le tourbillon d'émotions qui la submergeait. Elle ne comprenait plus. Où voulait-il en venir, exactement ?

La voyant sans réaction, Roberto s'approcha un peu plus et lui pressa tendrement le bras.

— Je l'admets, j'ai commis une erreur. Toi et moi formons une belle équipe. Si mon grand-père m'offre le poste de P-DG de la société familiale, comme je pense qu'il va le faire, cela signifiera que je devrai m'installer à Alexandroupoli. Nous pourrions démarrer une nouvelle vie là-bas.

Elle fut prise d'un vertige. Démarrer une nouvelle vie avec Roberto ? Elle en rêvait. Mais pas dans ces conditions. À aucun moment il ne lui avait parlé d'amour. Elle ne pouvait concevoir de vivre avec un homme qui n'était même pas amoureux d'elle.

En outre, il parlait de s'installer à Alexandroupoli, pas à Athènes. Or, elle, c'était dans la capitale qu'elle avait projeté de poser les bases de sa fondation. Il lui avait fallu du temps pour apprendre à se connaître et savoir ce qu'elle voulait faire de sa vie. Maintenant qu'elle était près du but, il faudrait qu'elle renonce de nouveau à ses rêves pour combler les attentes d'un autre homme ?

C'était bien là que le bât blessait. Une fois de plus, on attendait quelque chose d'elle : Xander qu'elle lui obéisse au doigt et à l'œil ; Yaya qu'elle épouse Roberto et ce dernier voulait qu'elle renonce à ses rêves pour réaliser les siens.

Elle ne pouvait ni ne voulait se sacrifier encore une fois. Cette fondation, elle la désirait de toute son âme. Elle avait besoin d'avoir foi en elle, de croire qu'elle était capable de donner vie à son projet.

— Roberto, je t'ai proposé de jouer le rôle de ta fiancée tant que durerait cette croisière. Je n'irai pas au-delà.

Il l'observa un moment en silence, semblant ne pas croire ce qu'il entendait.

— Tu n'as pas compris, précisa-t-il. Je ne te demande pas de continuer à mentir, à jouer un rôle. Je veux que tu restes à mes côtés, dans une relation véritable que nous vivrons au grand jour.

Elle accrocha son regard, mais n'y trouva pas ce qu'elle y cherchait. Certes, Roberto l'aimait bien, pourtant il ne partageait pas ses sentiments.

— Je ne peux pas, Roberto. Ma vie est à Athènes. C'est là que je vais créer ma fondation. Ce projet, je veux ne le devoir qu'à moi-même.

Le visage de Roberto se rembrunit.

— Et nous ?

— Il n'y a pas de nous.

Ces mots lui brisaient le cœur, mais elle savait que, en

les prononçant, elle faisait le bon choix. Roberto était un homme libre qui ne s'embarrasserait pas bien longtemps des liens qu'il souhaitait tisser avec elle. Un jour, il la quitterait pour aller vivre d'autres aventures avec une autre qu'elle.

— Nous nous sommes laissés prendre au jeu, Roberto, poursuivit-elle. Mais cette mascarade est terminée. Nous devons revenir à la réalité. Seuls. Chacun de son côté. Il n'y a pas d'avenir commun possible.

Le regard de Roberto se durcit tandis que les muscles de ses mâchoires tressaillaient. Il semblait ne pas en revenir qu'elle lui coupe ainsi l'herbe sous le pied. Car il ne pouvait pas s'agir d'autre chose, n'est-ce pas ? Elle ne pouvait se méprendre sur sa réaction à ce point-là.

— Je te laisse, finit-il par marmonner.

Et il lui tourna le dos pour sortir en trombe en faisant claquer la porte derrière lui.

Jour 16

Athènes, Grèce

C'était le dernier jour de leur croisière.

Un dernier jour qui marquait la fin de leurs fiançailles ainsi que la fin de leur relation.

Roberto avait passé une nuit blanche. Chaque fois qu'il avait tenté de fermer les yeux, le visage de Stasia était revenu le hanter de même que les derniers mots qu'elle avait prononcés. Des mots durs, sans appel, qui avaient tourné en boucle dans sa tête tout en lui transperçant le cœur.

Il avait fini par quitter sa cabine pour gagner le pont supérieur d'où il avait regardé le soleil se lever. Si le tableau était magnifique à contempler, il n'avait pas réussi à dissiper son mal-être. Au contraire même, les couleurs vibrantes du soleil n'avaient fait qu'accentuer son humeur noire.

— Roberto ?

Il poussa un soupir chargé d'exaspération. Sa grand-mère était bien la dernière personne au monde avec qui il avait envie de parler.

— Mon chéri, qu'est-ce que tu fais ici ?

Elle vint à sa table et posa sur lui un regard visiblement perplexe.

— Ne devrais-tu pas être en train de faire tes valises ? demanda-t-elle encore.

— Je les ai déjà faites, répondit-il de mauvaise grâce.

Il n'avait pas envie d'entamer une discussion qui n'en finirait pas. Il voulait juste rester seul, en tête à tête avec des pensées qui ne regardaient que lui.

Yaya regarda autour d'elle.

— Où est Stasia ?

Il haussa les épaules, se sentant soudain impuissant à tenir tête plus longtemps à sa grand-mère. À ce petit jeu-là, il savait qu'il ne sortirait pas gagnant.

— Je ne sais pas, avoua-t-il humblement.

Comprenant sans doute que quelque chose n'allait pas, Yaya s'assit à côté de lui.

— Qu'y a-t-il, mon chéri ? Qu'est-ce qui te tracasse ?

— C'est fini, répondit-il.

— Je ne comprends pas. Qu'est-ce qui est fini ?

Les vannes s'ouvrirent d'un coup. Il éprouva soudain le besoin irrépressible de s'épancher auprès de sa grand-mère. Il commença par le début, n'omettant aucun détail, racontant à Yaya comment leur était venue l'idée de lui jouer la comédie, puis comment ils s'étaient pris à leur propre jeu, allant jusqu'à faire de la fiction une réalité.

Lorsqu'il eut terminé son récit, il tendit la bague à sa grand-mère.

— Tiens, tu peux la reprendre. Je n'en ai plus besoin.

Yaya s'en saisit et la contempla un long moment en silence.

— Tu en es sûr ? demanda-t-elle enfin

— Certain. Stasia a rompu. Elle m'a clairement signifié que c'était fini.

Ces mots lui firent l'effet d'un coup de poignard en plein cœur.

— Je vois. Mais toi, tu vas la laisser partir sans te battre ? Sans même réagir ?

Il fronça les sourcils, agacé par le manque de sagacité de sa grand-mère.

— Que voudrais-tu que je fasse ? Que je retourne la voir pour l'entendre me répéter qu'elle ne veut plus me voir ?

Yaya secoua la tête et lui plaça une main réconfortante sur le bras.

— Non. Ce n'est pas ce que je voulais dire. Je sais ce que tu peux ressentir, ajouta-t-elle. Tu te sens rejeté, comme lorsque tes parents sont partis en te laissant derrière eux sans état d'âme.

— Je n'ai pas envie de parler de mes parents, rétorqua-t-il plus brusquement qu'il n'aurait voulu. Ils n'ont rien à voir avec ce qui m'arrive.

— Au contraire, persista-t-elle d'une voix douce. Ce que tes parents t'ont fait subir t'a marqué pour la vie. Leur comportement pour le moins désinvolte t'a profondément meurtri. Il a fait de toi l'homme que tu es devenu aujourd'hui. Un homme qui se protège en tenant à distance les gens qui pourraient lui donner trop d'amour et en gardant pour lui les sentiments qu'il éprouve.

Il se retourna violemment vers sa grand-mère.

— Qu'es-tu en train de me dire ? Que c'est ma faute si Stasia m'a plaqué ?

— Je n'affirme rien. Je veux juste que tu te poses les bonnes questions et que tu réfléchisses à ce que je viens de te dire. Lui as-tu au moins donné une bonne raison de ne pas te quitter ? Lui as-tu seulement dit que tu l'aimais ?

Yaya abaissa les yeux sur la bague, puis la plaça dans la main de Roberto.

— Garde-la. J'ai comme l'impression que tu vas en avoir besoin. Je dois te laisser, ajouta-t-elle en se levant, avant d'enchaîner, d'un ton plus léger : Il faut que j'aille acheter une valise supplémentaire. Je n'ai plus assez de place pour ranger tout ce que j'ai acheté au cours de nos sorties. Ton grand-père devient fou.

Songeur, il regarda Yaya s'éloigner d'un pas alerte. Il repensait à tout ce qu'elle venait de lui dire. Si c'était elle qui avait raison ? S'il était à l'origine de son propre malheur ?

Il se surprit à se demander comment réagirait Stasia s'il

lui disait la vérité. La seule idée de se mettre à nu devant elle avec la possibilité d'être rejeté – ses parents l'avaient bien fait alors qu'il les avait suppliés de l'emmener – le terrorisait.

Oserait-il prendre ce risque ?

Mettre fin à sa relation avec Roberto était l'une des choses les plus difficiles que Stasia ait jamais eu à faire.

Elle avait passé la nuit à pleurer. Dans la lumière blafarde du petit matin, ses yeux étaient encore gonflés de trop de larmes et le sang battait encore à ses tempes, mais le pire, c'était son cœur qui lui faisait si mal.

Elle quitta le bateau avec la sensation que ses pieds pesaient des tonnes. Chaque pas qui l'éloignait un peu plus de Roberto était comme l'arrachement d'un bout de son cœur.

Pourquoi avait-elle fait ça ? Pourquoi avait-elle quitté l'homme qu'elle aimait ? Elle s'était persuadée que Roberto ne partageait pas ses sentiments. Mais s'il ne l'aimait pas, lui aurait-il passé au doigt une bague de fiançailles qui avait à ses yeux une grande valeur sentimentale ? Même pour le plaisir du jeu, cela lui parut tout à coup impensable.

Et comment interpréter la manière dont il avait tenu à célébrer son anniversaire ? Ce jour-là, il l'avait traitée comme une princesse, ne lésinant sur rien pour faire de cette journée un souvenir inoubliable. Elle le revit échanger avec elle sur son avenir. Ne l'avait-il pas guidée, patiemment ? N'avait-il pas eu à cœur de lui faire trouver sa voie ?

Et puis, il y avait eu la nuit où ils avaient fait l'amour. Ils n'avaient pas fait que coucher ensemble, ce soir-là. Leurs étreintes passionnées étaient allées bien au-delà d'une simple aventure. Jamais elle ne s'était donnée ainsi corps et âme à un homme, pas même à Lukos qui avait pourtant été son mari.

Elle lança un coup d'œil par-dessus son épaule,

s'attendant bêtement à voir Roberto presser le pas pour se porter à sa hauteur. Mais non. Il ne lui emboîtait pas le pas, comme il l'avait si souvent fait au cours des deux semaines écoulées.

— Stasia ?

Elle tourna la tête vers la voix familière qui venait de l'appeler.

— Xander ! Que fais-tu ici ?

— J'ai eu peur de te rater, répondit son frère. Mais qu'est-ce que tu as ? Tu pleures ?

Du revers de la main, elle essuya ses joues humides de larmes. Elle était tellement bouleversée qu'elle n'avait même pas réalisé qu'elle continuait à pleurer.

— Ce n'est rien, marmonna-t-elle.

— C'est la faute d'un garçon, gronda-t-il d'une voix sourde. Je me trompe ?

Elle secoua doucement la tête, incapable d'articuler un mot.

— Stasia, parle-moi. Dis-moi ce qui se passe. Quelqu'un t'a fait du mal ?

Elle comprit alors toute l'étendue du désastre. Si elle avait été honnête, si elle n'avait pas menti à tout le monde, à commencer par elle-même, elle n'en serait pas là. Elle avait accepté d'embarquer sur ce bateau parce qu'elle avait vu dans ce voyage l'occasion de faire le point sur sa vie et d'imaginer un avenir plus serein et plus constructif. Or, le résultat était catastrophique.

Elle inspira un grand coup. Il était temps de voir les choses telles qu'elles étaient et de rétablir la vérité.

— Xander, il faut que je te parle.

— Bien sûr. Vas-y, je t'écoute.

— J'ai beaucoup réfléchi durant cette croisière et j'ai décidé que je ne travaillerai plus avec toi.

Une immense déception se peignit sur le visage de son frère, mais cela ne l'arrêterait pas. Elle ne laisserait plus les sentiments des autres prendre le pas sur les siens.

Aussi poursuivit-elle, ne laissant pas à son frère le temps d'objecter :

— Je suis désolée. Je sais que tu as toujours voulu ce que tu pensais être le meilleur pour moi et je te remercie du fond du cœur pour tout. Mais désormais, je vais suivre ce que me dicte mon cœur.

Xander arqua un sourcil, signe manifeste d'incompréhension.

— Et que t'a dicté ton cœur ?

— J'ai décidé de créer une fondation dédiée aux familles de patients atteints de cancer. Au cours des nombreux séjours que Lukos a effectués à l'hôpital, j'ai eu l'occasion de remarquer que si tout est fait pour les malades – et tant mieux, bien sûr –, en revanche, rien n'est prévu pour les proches qui les accompagnent dans cette épreuve. Je souhaite faire quelque chose pour eux, leur apporter toute l'aide et tout le soutien psychologique dont ils ont besoin.

Elle s'interrompit et attendit, le cœur battant, que son frère lui donne son avis.

— Je trouve ton idée merveilleuse, approuva-t-il finalement. Si tu as besoin de moi, n'hésite pas à me le faire savoir. Je serai toujours là pour toi. Et sache aussi que je veux être parmi les premiers donateurs.

Elle esquissa un sourire à travers ses larmes.

— Merci, lâcha-t-elle dans un souffle.

— Je suppose que ce n'est pas ce merveilleux projet qui te bouleverse à ce point-là, insista-t-il en cherchant à accrocher son regard. Si c'est un homme qui t'a mise dans un tel état, donne-moi son nom. Je me chargerai de lui faire passer un mauvais quart d'heure, tu peux me croire !

Comme en réponse, Stasia chercha Roberto du regard. Elle le vit à quelques mètres de là, en grande discussion avec son grand-père. Elle aurait payé cher pour savoir ce qui justifiait une discussion aussi animée. Pourvu qu'une paix durable s'installe entre les deux hommes.

Elle détourna la tête afin de reporter son attention sur son frère. Puisqu'elle était sur sa lancée, autant continuer.

— Xander, je sais que le moment n'est pas très bien choisi, mais je tiens à te dire que je te suis très reconnaissante d'avoir été là après la disparition de Lukos. Je me suis complètement reposée sur toi. En revanche, à présent, j'ai besoin de poursuivre mon chemin toute seule, d'avancer sans me dire que je te dois des comptes ou que mes choix de vie vont te décevoir.

— Tu ne m'as jamais déçu, Stasia. C'est juste que je m'inquiète pour toi. Après tout ce que tu as déjà enduré, je ne veux plus te voir souffrir.

— Justement. Je vais souffrir encore et je ne veux pas que tu t'inquiètes pour ça. Je refuse de vivre dans un cocon confortable où rien ni personne ne pourra m'atteindre. Je veux saisir toutes les occasions de me sentir vivante et tant pis si je prends des coups.

En disant cela, ses pensées dérivèrent encore une fois vers Roberto. Si elle se promettait de saisir toutes les chances de vivre sa vie intensément, il en faisait partie. Elle ne pouvait pas continuer à le fuir par crainte de souffrir. Et puis, qui lui disait qu'elle allait souffrir alors qu'elle ne lui avait même pas avoué ses sentiments, ni demandé s'il l'aimait ?

Elle regarda Xander droit dans les yeux, certaine à présent de ce qui lui restait à faire.

— Excuse-moi, Xander, mais je dois te laisser. J'ai une affaire urgente à régler avant de partir.

Sur ces mots, elle pivota et se précipita vers Roberto. Elle entendait son frère l'appeler, pourtant elle ne se retourna pas. Elle devait le faire. Il fallait qu'elle saisisse sa chance.

Tandis qu'elle s'approchait de Roberto et de son grand-père, elle entendit le vieil homme qui expliquait :

— Nous avons traversé une période mouvementée, mais je suis certain que, cette fois, ça va marcher. Heureux de t'accueillir de nouveau dans la société familiale, fiston, conclut-il avec un brin d'émotion dans la voix.

Roberto prit la main que le vieil homme lui tendait, un sourire radieux aux lèvres.

Stasia stoppa net. Il irradiait d'un bonheur qu'elle ne lui avait jamais vu et qui la fit douter. Et s'il préférait poursuivre sa route sans elle, après tout ? De quel droit venait-elle chambouler une vie qui semblait lui convenir parfaitement ?

Elle entendit alors la voix de son frère, juste derrière elle :

— Stasia ! Vas-tu m'expliquer à la fin ?

Roberto et son grand-père se retournèrent en même temps.

Le regard que Roberto riva alors au sien fit redoubler les battements de son cœur. Il lui fallait dire quelque chose, et vite, au lieu de rester plantée là comme une idiote ! Le moment était venu de parler, de lui ouvrir son cœur. Mais l'émotion était si forte qu'elle l'empêchait de sortir le moindre son. Les mots s'étranglaient dans sa gorge, nouée par l'émotion elle aussi.

Xander s'approcha et enroula un bras protecteur autour de ses épaules.

— C'est lui, n'est-ce pas ?

Elle ne chercha pas à résister. C'en était fini des secrets. Elle opina. Xander laissa alors retomber son bras et s'approcha de Roberto d'un pas vif.

— Tu étais censé la protéger, gronda-t-il d'un ton menaçant. L'empêcher de tomber entre les griffes de types comme toi.

Soucieuse de ne pas voir la situation s'envenimer, elle alla s'interposer entre les deux hommes qui comptaient le plus dans sa vie.

— Xander, je t'aime beaucoup, tu le sais, mais cette histoire ne te regarde pas.

— Je peux t'expliquer, se défendit Roberto en s'adressant à elle.

— Et nous, nous ne voulons pas t'entendre, répliqua Xander en le fusillant d'un regard noir. Tu as déjà fait assez de dégâts comme ça.

— Ne l'écoute pas, intervint Stasia. Moi, je veux entendre ce que tu as à dire.

À ce moment précis, Yaya arriva, qui fixa le petit groupe d'un air perplexe.

— Que se passe-t-il donc, ici ?

Son mari lui fit signe de se taire.

— Viens par là. Je crois que tu arrives au bon moment.

Roberto s'approcha alors de Xander et le regarda droit dans les yeux.

— Tu tombes bien, Xander, parce que j'ai des choses importantes à te dire. Tout d'abord, je vais mettre un terme à notre association. Je sais bien que la manière de te l'annoncer est un peu abrupte, mais le fait que tu déplaces le siège à Infinity Island est l'occasion pour moi de recommencer autre chose ailleurs.

Xander ouvrit la bouche pour rétorquer, mais Stasia la lui fit refermer d'un regard éloquent.

— Ensuite, poursuivit Roberto en venant se placer face à elle, grâce au soutien de ta sœur, je vais réintégrer la société familiale. Cependant, mon grand-père et moi nous sommes entendus sur le fait que nous allons installer nos bureaux à Athènes.

— C'est vrai ?

Un large sourire fendit le visage de Stasia. La perspective de savoir Roberto dans la même ville qu'elle et, qui sait, de le revoir régulièrement, atténuait beaucoup la tristesse liée à leur rupture.

— Mais je ne comprends pas : pourquoi ferais-tu une chose pareille ?

— Tu ne vois pas ? Vraiment ? Parce que je t'aime, précisa-t-il comme elle secouait la tête. J'aime tout en toi. Ta générosité de cœur, ton sourire, ta douceur. J'aurais dû te le dire plus tôt, mais je n'y arrivais pas. La crainte que tu me rejettes m'en empêchait. Heureusement, quelqu'un que j'aime beaucoup m'a ouvert les yeux.

Il se tourna alors vers sa grand-mère pour lui lancer un clin d'œil complice. La vieille femme, au comble de l'émotion, refoulait difficilement les larmes qui lui brouillaient la vue.

— Cette fois, reprit-il en s'adressant de nouveau à Stasia, je n'ai pas l'intention de te laisser filer. J'y passerai ma vie s'il le faut, mais je saurai bien te convaincre que nous sommes faits l'un pour l'autre.

Le cœur de Stasia se gonfla d'une joie indicible. Enfin, son rêve devenait réalité !

— Tu n'auras pas à attendre aussi longtemps. Je t'aime déjà tellement Roberto.

Visiblement ému, il l'attira à lui et lui donna un baiser qui, bien que bref, fut pour elle porteur de promesses infinies. Il s'écarta ensuite légèrement, juste assez pour prendre dans la poche de sa veste un écrin qu'elle reconnut aussitôt.

— Je crois bien que cette bague t'appartient, ajouta-t-il en la sortant de sa boîte.

Elle crut que son cœur allait exploser dans sa poitrine tant il battait fort. L'émotion était si intense qu'elle ne put retenir bien longtemps les larmes de bonheur qui lui étaient montées aux yeux.

— Je sais que j'ai déjà fait ce geste mais, cette fois, je veux m'y prendre dans les règles, poursuivit-il avant de mettre un genou à terre. Stasia, enchaîna-t-il d'une voix pleine de gravité, tu m'as montré ce qu'est le véritable amour. Avec toi, j'ai appris que, parfois, certaines choses valaient la peine de prendre des risques. Je ne souhaite qu'une chose : que nous marchions ensemble, main dans la main, sur le grand chemin de la vie. Si tu veux bien me laisser une chance, Stasia, je saurai te prouver que je suis l'homme qu'il te faut.

Il s'interrompit afin de se relever puis, une fois debout, il plongea le regard dans celui de Stasia.

— Stasia, je t'aime de tout mon cœur. Acceptes-tu de devenir ma femme ?

— Oui. Oh oui !

Lorsqu'il glissa à son doigt la bague de fiançailles que sa grand-mère lui avait transmise, elle ne chercha plus à retenir les larmes de joie qui se mirent à ruisseler sur ses joues.

Xander, ému aux larmes lui aussi, vint étreindre le jeune couple.

— Je ne pourrais pas être plus heureux, lâcha-t-il sobrement.

Ce fut ensuite au tour de Yaya de venir les féliciter, sous le regard dubitatif de son époux.

— Mais enfin, je ne comprends pas, balbutia-t-il. Ils n'étaient pas déjà fiancés ?

Tout le monde éclata de rire, puis Roberto promit à son grand-père de le mettre très vite au courant des événements. Il prit ensuite Stasia par la main et l'entraîna avec lui, donnant ainsi le signal du départ.

Il avait raison. Ils n'avaient pas de temps à perdre.

Le mois d'août allait arriver très vite et ils avaient un mariage à préparer.

Épilogue

Août, Infinity Island, Grèce

Ils avaient passé l'épreuve haut la main.

Stasia esquissa un sourire satisfait. Ce n'était pas qu'elle ait jamais douté de sa compatibilité avec Roberto, mais il n'était pas donné à tous les fiancés de franchir cet obstacle. Le premier de leur vie en commun. Une preuve, s'il en fallait, que Roberto et elle étaient bien faits l'un pour l'autre.

Elle se trouvait dans ce qui avait été le bungalow de Popi, son amie d'enfance, mais, maintenant que cette dernière avait épousé le grand amour de sa vie et s'était installée avec lui à Drakos où elle avait lancé avec succès sa société d'organisation de mariages, ce bungalow était devenu une suite nuptiale.

C'était là que les fiancées résidaient avant le grand jour.

Stasia s'y trouvait depuis maintenant une semaine. Cela lui avait permis de s'impliquer dans les préparatifs de son mariage, mais également de passer du temps avec sa famille avant que Roberto l'enlève pour une lune de miel en Alaska qui devait durer un mois.

Il avait choisi ce lieu entre tous parce que, vivant au soleil toute l'année, il avait envie de neige et de feux de cheminée avec elle – « propices à la paresse », avait-il déclaré. Compte tenu du chalet luxueux qu'il avait déjà réservé, il ne faisait aucun doute que son souhait se réaliserait sans mal.

Il lui manquait tant ! Vivement qu'elle le retrouve !

Depuis leur retour, il avait repris ses fonctions de dirigeant au sein de la société familiale. Il avait commencé par s'attaquer au problème de détournement de fonds qu'ils avaient relevé ensemble, passant des jours entiers à travailler sur les comptes qu'un de leurs comptables, peu scrupuleux, avait falsifiés pour se remplir les poches. L'homme avait été arrêté et la police remontait encore la piste de ses complices pour parvenir à retrouver les fonds qui avaient été si méticuleusement détournés.

Sachant son entreprise entre de bonnes mains, le grand-père de Roberto lui avait cédé sa place sans plus faire d'histoires et jouissait sereinement d'une retraite bien méritée, même s'il se ferait un plaisir de la rompre pour remplacer ponctuellement Roberto, comme lorsque celui-ci partirait en voyage de noces, par exemple.

Stasia se réjouissait de cette entente retrouvée.

S'ils avaient accepté d'assister au mariage de leur fils, les parents de Roberto avaient décrété qu'ils viendraient séparément. Ainsi allaient les choses. Certaines changeaient tandis que d'autres restaient immuables.

Roberto avait fini par accepter l'idée qu'il existait une autre façon de s'aimer, une autre façon de vivre le mariage que celle de ses parents. La relation à l'autre n'était pas nécessairement aussi compliquée, mais pouvait au contraire s'avérer simple et harmonieuse.

De petits coups frappés à sa porte la tirèrent des pensées profondes où elle était plongée.

— Stasia, tu es là ?

Son cœur bondit de joie dans sa poitrine. Roberto. Enfin ! Elle se précipita pour aller lui ouvrir.

— Mon chéri ! s'exclama-t-elle en se blottissant aussitôt contre lui. J'ai cru que tu n'arriverais jamais.

Il l'enveloppa de ses bras rassurants et cueillit un baiser sur ses lèvres.

— Tu pensais vraiment que j'allais arriver en retard à mon mariage ?

À sa grande honte, elle s'avoua que cette idée lui avait effleuré l'esprit. Elle savait à quel point il pouvait s'investir dans son travail. Pourtant, elle voyait la passion qu'il mettait à faire les choses qui lui tenaient à cœur comme une qualité plutôt que comme un défaut.

— Non ! Tu l'as vraiment pensé ?

Il fixait sur elle un regard surpris.

— Tu m'as cru capable d'oublier le jour de mes noces ?

— Non, pas du tout, s'empressa-t-elle de le rassurer. Mais je sais que, parfois, tu peux être distrait.

— Je ne le serai jamais au point d'oublier un rendez-vous aussi important.

Comme pour preuve de ce qu'il avançait, il lui donna un nouveau baiser, passionné cette fois, où il fit passer tout l'amour qu'il lui portait. Lorsqu'il s'écarta, le cœur de Stasia battait encore la chamade. Car le moment était venu pour elle de lui révéler son secret.

— Tu veux bien que nous allions faire quelques pas au soleil ? Il fait si beau ! Ce serait dommage de rester enfermés.

Main dans la main, ils gagnèrent la petite plage où la cérémonie allait avoir lieu. Des chaises blanches avaient déjà été disposées de part et d'autre d'une allée sablonneuse qui serait recouverte de pétales de roses juste avant le début du service religieux.

Au bout de l'allée se dressait une arche drapée de tulle blanc piqué d'une guirlande de roses, blanches elles aussi, qui alternaient avec des fleurs de myosotis. Popi s'était vraiment surpassée pour faire de ce jour le plus beau de la vie de son amie.

— Tu crois que nous avons le droit d'être déjà là ? s'inquiéta Roberto.

— Pourquoi pas ? C'est notre mariage. Nous pouvons bien faire ce que nous voulons.

Restait encore à lui faire la surprise de sa robe. Une merveille en dentelle entièrement rebrodée de perles qui s'évasait à partir de la taille, et si longue qu'elle laisserait juste entrevoir ses sandales lacées à talons hauts.

En guise de coiffure, elle avait opté pour un chignon tout simple, lâche, où seraient piquées de petites fleurs blanches en forme d'étoiles.

Le visage de Roberto se fendit soudain d'un large sourire.

— Tu es rassurée à présent ? Bien. Parce que je ne compte pas m'éclipser au dernier moment. Il me tarde autant que toi que nous devenions mari et femme. J'espère que tu n'en doutes pas. Stasia, tu as l'air soucieuse, constata-t-il après l'avoir fixée un bref instant d'un regard scrutateur. Qu'est-ce que je pourrais bien te dire pour te convaincre que tout va bien se passer ?

— Je ne suis pas le moins du monde soucieuse, affirma-t-elle.

— Pourtant, je vois bien que tu me caches quelque chose, insista-t-il. Je le lis dans tes yeux.

Voilà. Le moment était venu de lui annoncer la grande nouvelle. Elle espéra juste qu'il en serait aussi heureux qu'elle.

— C'est vrai, admit-elle. J'ai quelque chose d'important à te dire, mais je ne voulais pas t'en parler au téléphone.

Ses sourcils se joignirent en une barre soucieuse tandis qu'il prenait ses mains dans les siennes.

— Vas-y, je t'écoute.

— Eh bien, d'abord, je voulais t'informer que je suis enfin venue à bout de toutes les tracasseries administratives nécessaires à la création de ma fondation. Tous les documents ont été validés et les personnes que j'ai contactées pour intégrer mon équipe ont toutes accepté.

L'inquiétude fit aussitôt place à un soulagement presque palpable.

— C'est merveilleux, ma chérie, la félicita-t-il en déposant un baiser sur son front. Je suis tellement fier de toi, même si je n'ai jamais douté que tu parviendrais à réaliser ton rêve. J'ai toujours su que tu avais une force extraordinaire en toi. Mais tu as dit « d'abord », souligna-t-il après une brève pause. Ce qui signifie que tu as autre chose à me dire. Je me trompe ?

— Non. Je…

Elle s'interrompit quelques secondes pour puiser dans le regard de Roberto le courage de continuer.

— J'ai une autre nouvelle à t'annoncer qui…

Il la couva d'un regard où se mêlait étroitement fierté et instinct de protection.

— Cette nouvelle a-t-elle quelque chose à voir avec… avec notre désir de fonder une famille ?

— Tu… Tu le savais ?

Le visage de Roberto s'éclaira d'un sourire rayonnant de bonheur.

— Disons que j'ai pris mes désirs pour des réalités. Et tu vois, ça a marché.

— Roberto, je suis tellement heureuse ! Tu te rends compte, dans sept mois et une semaine, nous serons parents ! Et ce n'est pas moi qui le dis, c'est mon médecin.

Fou de joie, il la souleva de terre et la fit tournoyer entre ses bras.

— Je ne pensais pas pouvoir être plus heureux que je l'étais déjà, s'exclama-t-il en la reposant délicatement au sol. Mais c'est parce que j'ignorais encore que tu étais capable de réaliser des miracles. Je t'aime tant, Stasia, reprit-il avec émotion. Je ne te remercierai jamais assez de m'avoir appris que ma vie pouvait être encore plus belle. J'ai l'impression de vivre un rêve éveillé.

— Moi aussi, je t'aime, Roberto.

Leurs lèvres se joignirent alors dans un baiser porteur des promesses d'un bonheur infini.

Retrouvez en septembre 2020,
dans votre collection

Harmony

Pour le sourire de leur fille, de Jules Bennett - N°7

Sam aimait Tara, mais il a tout gâché. Tara aimait Sam, mais elle a dû le quitter. Séparés depuis un an, les voilà soudain contraints de jouer les amoureux devant leur fille. Car la petite Marley a perdu la mémoire ! Oubliés, les mauvais souvenirs : le départ de son papa, la tristesse de sa maman… Alors pour lui rendre son sourire, Sam et Tara sont prêts à tout – et même à donner une nouvelle chance à leur famille…

Tendre souvenir de Provence, de Barbara Wallace - N°8

Un château millénaire, des champs de lavande à perte de vue… et la compagnie de Philippe d'Usay, le séduisant maître des lieux ! Pour Jenna, ce séjour en Provence prend des airs de conte de fées. Un conte qui prend brutalement fin, quand elle repart chez elle, en Amérique… Mais alors qu'elle s'efforce d'oublier l'homme qui a fait chavirer son cœur, Jenna découvre qu'elle a gardé de lui le plus précieux des souvenirs…

Un été pour s'aimer, de Donna Alward - N°9

Le travail avant tout. Depuis toujours, Molly accomplit ce qu'on attend d'elle : après des études à Harvard, elle est devenue une avocate brillante… mais qui s'ennuie terriblement ! Jusqu'au jour où, sur une impulsion, elle s'offre un voyage sur l'île de Vancouver. Une aventure, une évasion qui prend la forme d'une idylle amoureuse, lorsqu'elle y fait la connaissance d'Éric. Auprès de cet homme troublant, son monde si bien ordonné vacille. Et si l'amour était le nouveau défi de sa vie ?